Louis Kawalek

Der Anfang von etwas Großen

Abenteuer

Bibliografische Information der Deutschen Nationalbibliothek:
Die Deutsche Nationalbibliothek verzeichnet diese Publikation in der Deutschen Nationalbibliografie; detaillierte bibliografische Daten sind im Internet über http://dnb.dnb.de abrufbar.

Herstellung und Verlag: BoD – Books on Demand, Norderstedt

ISBN: 978-3-7557-7713-7

Inhaltsverzeichnis

-Kapitel 1-
Der Anfang

Es ist Samstagabend als meine Familie und ich den Urlaub buchten. Es soll nach Kroatien gehen, so wie auch letztes Jahr (2019). Das 2020 schwer für uns alle war, ist keine Frage aber 2021 sollte unser Jahr werden. Es gab auch Menschen, die im letzten Jahr gefahren sind, aber ob die alle gesund geblieben sind weiß wohl keiner so genau. Dieses Jahr wollten wir uns aber nicht nehmen lassen. Wir begaben uns also auf eine Website für Ferien Unterkünfte. Doch hier ist wieder dasselbe Problem wie in den letzten Jahren auch… Entweder superschön und nah am Strand aber für den Preis eines Kleinwagens pro Nacht oder supergünstig aber sieht aus als wäre dort eine Oma gestorben und hat alles zurück gelassen was in ihrem besitzt war. Normalerweise wären wir wieder in die Unterkunft von vor 2 Jahren gegangen, aber die war schon ausgebucht. Das verstand ich gut, denn sie war nah am Strand, bei den Geschäften, der Stadt und einer super Pizzeria vor der Tür und das meine ich ernst wir hatten einen Blick auf die Pizzeria. Mich wundert es jedoch, warum die nicht schon für die nächsten 5 Jahren ausgebucht ist. Ich meine, sie war die perfekte Unterkunft nah an allem und sah von innen aus super aus. Wir suchten also für

dieses Jahr nach etwas gleich Gutem, aber weil wir keine hundert Seiten durchforsten wollten, haben wir uns eine Überraschung Unterkunft zusammengestellt. Wie das ging? Man konnte auf der Seite „überraschen lassen" auswählen. Die Seite und die Option kannten wir nicht also haben wir uns dafür entschieden, denn wer mag keine Überraschungen? Naja, danach sollten wir sagen wie viel es kosten soll und für wie lange wir verreisen würden. Dann konnten wir über die Lage und Einrichtung entscheiden. Versteht mich nicht falsch. Das war nicht wie bei den Sims wo du dir die Wand Farbe und die Küche selbst zusammenstellen kannst. Das waren Fragen wie: Wie viele Zimmer? Balkon? Große Küche? Kleines Bad? Und so weiter. Nach dem wir dann die Fragen alle beantworteten gingen wir auf „Buchen" und der Preis konnte sich sehen lassen. Ich weiß nicht mehr genau wie viel es war aber definitiv unter 1500 Euro, wenn nicht sogar weniger, also es war wirklich günstig. Ich finde der Preis sagt viel über die Unterkunft aus, denn ich kann nicht in einem alten quietschend und orangen Bett schlafen. Wäre da eher so ner Art Schockstarre. Meine Mutter meint zwar immer das es doch egal ist wie das Schlafzimmer aussieht, wenn wir doch eh nur drin schlafen. Wenn ihr aber richtig gelesen habt, wisst ihr das ich das anders sehe. Mein Traumzimmer hätte eine komplette Fensterfront mit Meerblick und die Wände wären weiß mit schwarzen Akzenten aber wir bekommen nicht alle das was wir wollen. Bitte haltet mich jetzt nicht für so ein komisches richkid, das ist halt einfach ein Wunsch von mir. Ich sollte aber aufhören in so einer Traumwelt zu leben, wo jeder Wunsch in Erfüllung geht. Wisst er wer das gut kann? Mein Bruder. Er ist Realität in Person. Nein wirklich, wenn wir Filme gucken mit Erfindungen, die es in echt nicht gibt, stellt er sich nicht vor wie schön es mit der Erfindung sein könnte, sondern sagt einfach eiskalt: „Das ist so unrealistisch."

Meine Reaktion darauf ist normalerweise ein Augenverdrehen, aber mittlerweile lass ich ihn einfach reden. Es ist seine Persönlichkeit und der will ich nicht im Weg stehen. Dafür hat er ein perfektes Wissen über Schiffe manchmal denke ich er hätte Schiffe studiert, weil ich ihm diese ganzen Begriffe nie zutrauen würde. Damit bin ich nicht allein viele aus dem Bekanntenkreis würden einem Jungen in dem Alter Satzbauten und Begriffe kaum zu trauen. Als würde es nicht schon reichen, dass er so ein gutes Wissen hat, baut er auch noch in Minecraft Schiffe und die haben sich echt gemacht. Das erste was er gebaut hat ist bestimmt schon 4 Jahre alt. Zumindest die Überreste. Denn damals kam ihm sein Wissen und seine eigenen Ideen in die Quere. Er baute das Schiff aus Wolle und ganz unten war ein Kesselraum oder wie man das nennt. Ich meine diesen Raum wo das Feuer ist damit das Schiff fährt. Fragt also ihn was das ist und nicht mich. Naja, und als er am Schiff diesen Kesselraum ausbaute ging das Feuer auf die Wolle über und das gesamte Schiff ist abgebrannt. Schön war das nicht, weil da viel Arbeit drinsteckte, aber jetzt baut er doppelt, wenn nicht sogar dreifach so große Schiffe. Also geht hier mal ein großes Lob raus, geschweige denn er liest das hier, wenn er mal kein Schiff plant oder baut. Letztes Mal als wir in Kroatien waren hat er uns schon viel über Schiffe erzählt. Ich bin mal gespannt was wir dieses Mal erfahren, wenn wir am Strand sind oder am Pier und ein Schiff vorbeikommt. Apropos Schiffe. Wollten das letzte Mal, wo wir da waren mit einem fahren aber konnten uns für keins entscheiden, weil die alle ihren Reiz hatten. Das eine war so eine Art U-Boot mit einem Tisch aus Glas und das andere sah aus wie ein Piratenschiff. Vielleicht können wir uns ja dieses Jahr entscheiden. Ihr beschwert euch bestimmt, weil sich hier so zieht wie Kaugummi. Das verstehe ich. Ich habe so viele Ideen was ich hier hinschreiben kann. Es gibt genug Erfahrungen, aber auch spannende Highlites die ihr später erfahren werdet. Eventuell ist jetzt der Moment wo ich sagen kann das ab jetzt alles was ich schreibe auf einer wahren Begebenheit beruht. Das was ich hier schreibe ist eigentlich für mehr bestimmt als nur ein Buch, aber weil ich keine Ahnung von Drehbüchern habe und wie ich einen Film machen kann, schreibe ich einfach ein Buch in der Hoffnung das ein Filmmacher das hier sieht und mich kontaktiert. Wie ihr merkt, träume ich wieder zu viel. Btw schreibe so wie ich auch mit Freunden schreibe. Falls ihr mal nicht wissen, was ich meine wie: „i mean" oder „btw" guckt einfach mal im Internet nach. Ihr schafft das schon. Es kann muss aber nicht sein das hier öfter mal ein Wort auf Englisch kommt, weil ich für gewöhnlich in Konversationen ab und zu ein englisches Wort unterbringe. In meinem vorschrieb steht noch einiges über mich, aber das werdet ihr früher oder später so oder so erfahren. Ich habe sogar extra vorm schreiben gegoogelt was ich schreiben muss also lass ich das hier mal weg und schreibe über Bäume. Nein keine Sorge ich schreibe über mich und diesen Urlaub. Wie ihr merkt, ist das alles etwas random was ich schreibe, aber so bin ich auch im echten Leben. Eigentlich voll organisiert und entspannt, aber es kann auch schnell mal chaotisch werden.

Ich muss noch kurz was sagen. Ich habe eigentlich viele Ideen was zukünftige Bücher angeht doch das Problem ist das eine der spannenden Ideen, die ich hatte, in einer kürzlich erschienenen Serie das "Hauptthema" oder wie man das nennt ist. Also kann ich das nicht mehr schreiben, weil mich sonst jeder für einen Nachmacher hält oder wie man auch gerne sagt: „Geschichte auf Wish bestellt."

Naja, wenn ich glück habe kann ich das so umschreiben das es keiner merkt oder sich kaum noch ähnlich ist. Wie ihr merkt, schreibe ich wieder nur Müll hier und „Naja" ist wohl jetzt mein neues Trend Wort. Tut mir leid, wenn ihr auch kein Plan habt, was ich schreibe, aber ich möchte kein Buch mit nur 10 Seiten und nach 2 Seiten ein neues Kapitel zu machen sieht blöd aus also bis es richtig los geht müsst ihr euch noch eine Seite oder so gedulden, aber ihr könnt euch freuen. Es wird spannend, zu mindestens war es das für mich. Btw zum aktuellen Zeitpunkt habe ich noch keine Ahnung wie ich das Buch nennen soll also werde ich in nächster Zeit versuchen mein kleines Gehirn anzustrengen und euch einen vielversprechenden Titel bieten. Seht mal eigentlich wisst ihr ja jetzt gerade wie das Buch heißt ich aber nicht. Also freut euch oder… ja keine Ahnung kenne euch ja nicht aber würde mich freuen, wenn ihr euch auch freut, so im Sinne von doppelt hält besser. Achtung! Noch mal unnötige Frage oder so. Lacht ihr gerade oder seid ihr gelangweilt? Weil ich finde es gerade schon funny dieses Buch von meinem kleinen Büchlein auf den PC abzutippen aber kann ja sein das ihr das Buch gerade in der Schule lest und ihr jetzt keine Ahnung habt, wie ihr das was ich jetzt schreibe zusammenfassen sollt. Da kann ich helfen. Also es ist ja mein Buch also kann ich es ja auch am besten zusammenfassen, das denke ich zu mindestens. Also wenn es nach mir geht, könnt ihr schreiben: „Der Autor schreibt gegen Ende des Kapitels vieles ohne richtigen Sinn damit er nicht zu wenig Seiten zwischen den Kapiteln hat da wir aber fast fertig sind mit dem Kapitel kommt jetzt nicht mehr so viel an punkten die völlig aus dem Konzept gerissen werden. Er ist jedoch so nett und hilft dabei eine gute Zusammenfassung zu schreiben." Naja, jetzt nicht die beste, aber vielleicht lässt es euer Lehrer zu. Zu eurem glück und auch meinem, weil ich keine Ahnung habe, was ich noch schreiben soll, sind wir jetzt nahezu am Ende dieses Kapitels und es kann sein das ab dem nächsten Kapitel die Zeitangaben etwas kompliziert rüberkommen aber keine Sorge, ich gebe mein bestes damit sich alles leicht und spannend lesen lässt. Ich muss euch aber auch sagen das ich die anderen Kapitel strecken werde da sie sonst nur 1 oder 2 Seiten lang ist. Sie werden aber nicht so random sein wie es jetzt hier ist. da kann ich euch die Angst vornehmen. Jetzt bleibt mir nichts anderes üblich als euch viel Freude beim Weiterlesen zu wünschen. Merke jetzt auch das sich das anhört wie ein Vorwort ist aber Kapitel 1 oder so. Okay bei mir geht das Kapitel bis hier. Vielleicht "lesen" wir uns später gegen Ende des Buches wieder. Bis dann oder auch Tschö mit ö genannt. Ich sollte jetzt wirklich aufhören so weiterzuschreiben.

-KAPITEL 2-
Koffer packen

Ich freute mich riesig auf den Urlaub. Kroatien ist so ein großartiges Land. Das Essen, die Getränke, der Strand (der nicht aus Sand ist) und die Städte mit diesem schönen rustikalen Touch. Ach ja, die Städte da freute ich mich sehr drauf. Man kann so schöne Bilder machen aber nur dann, wenn keine Touristen im Weg sind. Wo wir gerade von Bildern reden. Man brauch immer den perfekten Look für ein Foto das perfekt werden soll. Soweit ich also weiß, dass es in den Urlaub geht, packe ich meine Sachen. Alles was man brauch aber bloß nicht zu viel. In Kroatien kann man auch schöne Sachen kaufen, zwar nicht unbedingt so schöne Sachen wie es in Filmen aussieht, aber es kommt nah dran. Man kann vieles dort Kaufen, bis auf Salat in Restaurants und Zahnpasta im Supermarkt. Salat schmeckt einfach in Deutschland besser, ich weiß nicht, warum es ist, einfach so und Zahnpasta ist da auch nicht sonderlich gut. Ich kann gar nicht erklären woran es liegt aber die, die ich zuhause habe schmeckt besser. Das hört sich echt komisch an, aber es kann auch sein, weil ich es einfach nicht gewöhnt bin. Ich kann es aber jedem empfehlen sich Pflegeprodukte dort zu kaufen. Als ich 2019 da war habe ich ein tolles Shampoo gekauft, das ich es am liebsten nicht benutzt hätte. Ich mochte den Geruch, weil es einer war, den wir bei uns in Deutschland nicht haben. Wenn wir jetzt also schon bei der Einkaufsliste sind, muss noch ein Punkt drauf! Eine Handyhülle die wasserdicht ist. ich weiß nicht mehr genau wie viel sie in Euro umgerechnet gekostet hat, aber es war nicht viel und die Bilder wurden echt schön. Als ich aber am Schnorcheln war, hatte ich immer Angst das ich die Hülle verlieren könnte und somit auch mein Handy, das ist aber zum Glück nicht passiert. Wenn hier jetzt Vegetarier der Veganer sind, müssen sie mal bitte den folgenden stanzt überspringen. Wenn ihr eine Bucketlist habt, müsst ihr euch einen Fleischteller bestellen. Der schmeckt so gut. Auf jeden Fall eine gute Investition. Wenn ihr aber es nicht mögt oder dem ganzen misstraut könnt ihr auch zu McDonalds. Richtig gehört. Bekommt ihr auch Hunger? Die haben Produkte da von denen wir nur träumen können. Als ich da war gab es mit Käse überbackene Pommes und das Erdbeereis, das wir jetzt haben hatten die schon minderten ein Jahr vorher. Okay schnell weg von dem Essen. Ich wusste das es für 2 Wochen nach Kroatien ging, also packte ich nicht viel ein, weil ich dachte ich kaufe da mir ein oder zwei Shirts und das wars. Sind nur zwei Wochen, da kann man auch mal was doppelt tragen außerdem kennt mich eh niemand aus Kroatien also das denke ich mal. Also weiß keiner wie lange ich die Kleidung habe. Hätte ich früher gewusst das ich länger bleibe als 2 Wochen hätte ich auch mehr eingepackt, aber so ging es jedem aus der Familie aber später mehr dazu. So kommt es wieder zu einem Problem von mir. Früher als es zur Nordsee ging hatte ich Sandspielzeug, Kescher und Co. dabei aber jetzt nur Kleidung und Luft. Ich hasse Veränderungen, zu mindestens ohne mein Einverständnis fühle mich wie so ein "Control Freak, " was soll ich denn dagegen machen? jeder verändert sich also muss ich wohl damit Leben. Nach meinem Koffer war mein Handgepäck dran. Ladekabel, Geld, was zum Knabbern, was zum Trinken und DIESES BUCH. Das Buch hat eine besondere Bedeutung und darf auf keinen Fall fehlen. Ich werde euch aber erst später mehr dazu sagen, wenn ihr bereit seid. Zudem benötige ich noch Platz in einem extra Buch, um von schönen Erfahrungen zu erzählen. Meine gesamte Erfahrung, von der ich hier erzähle ist geschehen, auch wenn ihr es Zwischenzeit nicht glauben könnt. Wir sollten aber in Chronologischer Reihenfolge weiter machen. Wie geht es nach dem Kofferpacken weiter? Genau die Abfahrt. Dort gibt es nicht viel zu erzählen, aber ich würde dieses Kapitel nicht schreiben, wenn nichts passiert wäre. Also lehnt euch zurück und genießt die "kurze" Fahrt.

-Kapitel 3-
Die Reise in ein neues Leben

Ihr habt richtig gelesen. Hier geht nicht nur für euch ein neues Kapitel los, sondern für mich begann ab hier *die Reise in ein neues Leben*. Es sind einige Tage bzw. eher Wochen vergangen, bis wir los gefahren sind. Am Abend vor der Abfahrt luden wir unsere gepackten Koffer ins Auto. Da muss ich jetzt wenig zu erzählen. Es sind einfach Koffer, die in den Kofferraum getragen wurden und mehr nicht. So einfach ist das. Naja, danach ging es zurück ins Haus und es etwas sauber machen, damit wenn wir nach Hause zurückkommen, nicht geschockt sind, weil es im Haus schlimmer aussieht wie im Urlaub. Meine Mutter hat das geplant…

Das tut sie eigentlich immer. Aber ich verstehe das. Man sollte das eigene Zuhause sauber halten, auch wenn es im Urlaub schöner sein kann. Ihr wollt ja nicht am ersten Tag nach der Rückkehr wieder aufräumen, weil ihr es vorher nicht gemacht habt. Als dann alles weitestgehend sauber war setzten wir uns auf die Couch und Genießten den letzten Tag bevor es in den Urlaub ging. Wir hatten schon eine wahnsinnige Vorfreude. Ich denke aber das ihr euch das schon denken konntet. Nach und nach ging einer nach dem anderen schlafen. Ich wiederum lud noch meine Powerbank auf und errichtete

mir eine *Sommer Stimmung Playlist*. Eigentlich war es mein Ziel die Nachtlang durchzumachen, jedoch machte mir mein kleiner Bruder da nen Strich durch die Rechnung.

Also konnte ich gerade mal bis 01:37 aufbleiben, bis er um die Ecke stampfte, um mich ins Bett zu bringen. Eigentlich ja nett von ihm, doch eigentlich machte er mir meinen Plan so kaputt. Durch die Übermüdung vom Vorabend dachte ich kann ich auf der Fahrt schlafen. So wäre die Fahrt nur halb so langweilig. Ich versuchte später wiederum im Zimmer wach zu bleiben, aber auf einmal sah ich: mein Bett, dieses weiche Kissen und die große warme Decke. Nach spätestens 5 Minuten war ich dann weg. Mein Traum war anfangs noch interessant. Ich war am Strand und habe dem Rauschen des Meeres zugehört. Doch dann wurde es merkwürdig. Gemeinsam war ich mit einem 6- Klässler auf dem Weg in sein Klassenzimmer, aber es war voll mit ausgestopften Tieren. Ich schreckte hoch und sah mein gewohntes Zimmer. Wir hatten 3.48 Uhr in der Nacht. Ich nutze den Traum und schrieb ihn auf. Zeitgleich konnte ich die Zeit nutzen, um wach zu bleiben. Ihr denkt euch auch was ich für ein komischer Kauz bin. Leider kann ich euch die Frage nicht beantworten. Das ich ne Schraube locker habe weiß inzwischen jeder aber von so einem verrückten Traum wusste nicht mal ich.

„In Träumen ist alles möglich auch
das Unerwartete und wir können nichts
gegen unsere Träume machen"

Haltet mich also ruhig für verrückt, wenn ihr denkt das mein Leben so aussieht wie in meinen Träumen, aber ich werde euch vom Gegenteil überzeugen. Als ich am nächsten Tag langsam wach wurde, spürte ich schon wie aufgeregt alle waren. Eigentlich wollte ich ja entspannt frühstücken, aber daraus wurde nichts. Meine Eltern warteten schon unten auf mich und meinten das wir unterwegs was holen. Nur ein schwacher Trost aber okay!
Ich steckte meine Powerbank aus und legte sie zu den anderen Handgepäck Sachen. Danach zog ich mich um kontrollierte, ob ich wirklich alles dabeihatte. Wäre ja blöd, wenn ich mein Handy oder so vergessen würde. Zum Glück hatte ich alles dabei und stieg dann auch ins Auto. Es war zwar früh am Morgen,

aber ich spürte schon, wie heiß es heute werden würde, also versuchte ich zu schlafen und so wenig wie möglich mitzubekommen. Hatte auch funktioniert. Viel hat es aber nicht gebracht. Gerade mal eine Stunde mehr Schlaf brauchte mein Körper wohl nicht. Um die nächsten 5 Stunden zu überbrücken, ging ich ans Handy, um ein paar Storys bei Instagram hochzuladen, aber dann kam der große Schock. Mein Datenvolumen war aufgebraucht und ich konnte nichts machen. Man war ich genervt. Am liebsten wäre ich während der Fahrt ausgestiegen und nach Hause gegangen, aber es schien so unverschämt heiß draußen also kam ich schnell von der Idee weg. Ich dachte eher an die Leute, die jetzt kein Lebenszeichen von mir sehen würden. Es ist kein Geheimnis, ich wollte schon immer berühmt sein. Das Geld war mir egal, aber ich wollte anderen helfen. Das ging schon los da war ich 4 oder 5. Da waren wir als Familie einkaufen und in den Regalen war ich am Tanzen wie sonst was. Das alles nur in der Hoffnung berühmt zu werden aber anstatt Staunen bekam ich eher komische blicke von anderen Leuten, die einkaufen waren. Soweit ich weiß, kenne ich aber keine dieser Leute also ist mir ihr Denken egal und wer weiß vielleicht liest gerade einer von ihnen dieses Buch und denkt sich: „Wow der war das damals." Ich schweife mal wieder vom Thema ab, aber so war es auch auf der Fahrt. Meine Gedanken waren überall. Nach einiger Zeit sah ich so ein Motel. Dort hatten wir eine zwischen Übernachtung gebucht, denn wer fährt schon 12 Stunden und mehr an einem stück? Es sah aus wie die, die man immer in amerikanischen Filmen und Serien sieht. Halt nichts Besonderes aber dieses Flair war da. Es wurde langsam dunkel als wir bei einer älteren Dame eincheckten. Sie schien nett, keine Frage, aber ich fand sie irgendwie merkwürdig, so als würde sie mich kennen. Naja, wird wohl nichts bedeuten hatte ich mir gedacht. Wir gingen zu unserem Zimmer und warfen uns aufs Bett. Die Fahrt war für uns alle anstrengend aber die Hälfte hatten wir ja schon fast also gaben wir nicht auf. Es wurde später und ich ging raus an den Pool, um meine Beine zu vertreten. Die Frau kam zu mir und setzte sich neben mich. „Ich weiß du kennst mich nicht, aber du wirst mich kennenlernen. Noch wird dir das alles hier komisch vorkommen aber glaub mir, es hat alles seinen Sinn." Ich dachte mir so: „Hä was will die jetzt von mir?" Doch ich konnte nicht mehr fragen, weil sie wieder auf dem Weg zur Rezeption war. Ich fühlte mich auf einmal stark beschattet und ging wieder in das Zimmer meiner Eltern und meinem Bruder, ohne das Wissen wer mich gerade gesehen hatte und wie wichtig er oder sie für meine Zukunft sein würde. Völlig zufrieden mit dem Motel WLAN machte ich ein paar Storys und sagte auch das ich unterwegs nichts posten kann. Nicht das ich später für tot erklärt werde. Naja, anders wie das Bett muss, das WLAN nicht perfekt sein. Das hätte ich aber nicht zu laut sagen dürfen. Um punkt 22 Uhr war das WLAN bis um 06:00 Uhr morgens ausgeschaltet. Zum Glück hatte ich schon alle Storys gepostet und vielleicht war es gut das Handy mal bei Seite legen zu können. Hier in Bayern ist es auch schön also sah ich runter zur Straße und merkte das jede Straße in Deutschland gleich aussieht. Nach meinem "super-schönen Ausblick", ging ich ins Bad und machte mich fertig. Anders wie ich es Zuhause hätte machen können, konnte ich hier nicht lange wach bleiben, weil wir alle in einem Zimmer schliefen. Das war mir Schluss endlich auch egal. Ich war von dem ganzen genervt. Kein WLAN, kein Ausblick und verrückte Leute. Alle wollten schlafen also legte ich mich in mein Bett und machte auch die Augen zu.

-Kapitel 4-
Die letzten Meter

Ihr wisst ja das ich die Fahrt langweilig fand und natürlich gab es auch spanende Momente, wie wenn man in Österreich neben den Bergen gefahren ist oder durch die Grenzen gefahren ist, aber man konnte halt nicht so viel im Auto nicht viel machen. Eigentlich nur Reden und Musik hören. Ich habe viele Bilder gemacht und aus dem Fenster geguckt. Der zweite Tag war zum Glück nicht so heiß wie der erste. Ein Problem was ich noch nicht genannt habe war das meine Musik App nicht im Ausland funktioniert hat. Ich war echt deprimiert, weil im Radio auch nichts Gutes kam, aber so ist das Leben würde ich mal sagen, aber da musste ich halt durch. Zu Slowenien kann ich nicht viel sagen außer, dass wir wieder bei McDonalds waren. I mean das Zeug ist sooo gut da! Also noch mal der Aufruf geht auch im Ausland zu Fastfoodketten. Wenn ihr Glück habt haben die da

Sachen, die wir noch nicht haben. Eigentlich hatte ich, soweit wir in Kroatien sind ein Buch weiterzuschreiben was ich Komplet vernachlässigt habe, jedoch habe ich vergessen, wie schwer es ist zu schreiben, wenn man auf den Straßen dort fährt, also wurde das wohl leider nichts. Immerhin konnte ich ein Brief an mein zukünftiges Ich schreiben. Seht mich jetzt bitte nicht blöd an. Es war schwer, aber ich wollte sowas schon immer machen und er war nur kurz. Zwischenzeit habe ich mich wie in einer sandigen Wüste gefühlt. Es war sehr heiß und sandig. Dachte kurz ich wäre in der Sahara. Zum Glück kam aber dann schnell die Urlaubslust als ich aus der Ferne das Meer bewunderte. Wir malten uns schon aus wie die Unterkunft aussehen würde und haben uns riesig gefreut. Doch auf einmal sind wir in einer Straße abgebogen und sie sah genauso aus wie die in dem Dorf, in dem wir leben. Uns stockte der Atem. Wir fuhren weiter rein. Unsere Unterkunft war laut Karte am Ende der Straße. Mein Vater parkte in der Einfahrt und dann atmeten alle einmal durch bevor wie ausstiegen. Die ganze Straße sah halt wirklich aus, wie die in unserem Dorf nur das hier violette und hölzerne Akzente mitspielen. Ich war gespannt, wie die Unterkunft oder eher Haus wie wir sehen konnten von innen aussah. Wir wussten nicht, wie die in Deutschland von innen waren, aber Neugier war bei uns entstanden. Wir haben den Schlüssel unter der Fußmatte gefunden und wollten gerade rein gehen als ein Nachbar die Tür auf machte und uns beschimpfte. Ich hatte keine Ahnung was er meinte, weil wir uns hier eigentlich immer auf Englisch verständigen, aber Kroatisch konnten wir nicht. Während meine Eltern einfach weg guckten, lächelte ich ihn an und er mir zurück. Er zeigte nach unten also zum Boden und ich war verwirrt. Also versuchte ich dankbar zu gucken und lief dann zurück zu meinen Eltern. Mein Vater steckte den Schlüssel ins Türschloss und öffnet die Tür mit einem Stoß. Viel erkennen konnten wir nicht, weil es dunkel war. Von außen sah ich eigentlich Fenster, aber innen waren wohl keine oder sie waren verdeckt worden. Es war stockduster das einzige Licht kam von der geöffneten Tür also suchten wir nach dem wir alle im Haus waren den Lichtschalter. Einer nach dem anderen ging ins Haus und wir suchten nach einem ihm.

-Kapitel 5-
Die Unterkunft

Wir tasteten die Wände ab. Auf einmal hat meine
Mutter den Lichtschalter betätigt. Die Lichter gingen
im ganzen Haus an. Direkt neben der Tür, durch die
wir das Haus betreten haben, war auf der rechten
Seite eine Küche. Sie war ausgestattet mit einer Kü-
cheninsel und einem großen Kühlschrank. Natürlich
war da auch noch die restliche Küchenausstattung,
aber das ist mir direkt ins Auge gestochen.
Auf der anderen Seite und ein paar Schritte weiter
war eine Treppe nach unten. Sie war aus Holz und
hatte ein Glasgeländer. Unten angekommen war ein
wunderschönes Wohnzimmer.
Für gewöhnlich traue ich so Konfigurationsseiten
nicht, aber hier war es perfekt. Ich ging raus, um meinen Koffer zu holen. Es machte mich immer noch stut-
zig das es von außen fester gab aber von innen nicht.
Ich fühlte mich wie in einem Bunker, den man schön
eingereicht hat. Beim Erkunden des Hauses ging ich

dann einfach den Flur so lange entlang, bis ich am Ende ankam. Es war das letzte Zimmer bevor der Flur endete. Nachdem ich die Tür öffnete, sah ich ein großes Bett mit zwei Nachttischen. Gegenüber war ein Kleiderschrank. In diesen habe ich meine Klamotten reingehängt.

Kurze Zeit später kam meine Mutter in mein Zimmer und hat gefragt, ob ich mit einkaufen gehen möchte. Normalerweise hätte ich gesagt das ich mitkommen will, aber ich habe das Haus gerade einmal zur Hälfte gesehen. Ich entschied mich also dagegen mitzukommen und sagte das ich ein andermal dabei sein würde. Nachdem die beiden dann das Haus verließen sah ich mich in der Küche um. Wir hatten schon ein paar Getränke da. Ich beschloss mir eine Fanta zu holen. Auf dem Weg zurück in mein Zimmer sah ich wie mein Bruder auf der Couch chillte und am Nintendo spielen war. Zurück in meinem Zimmer stellte ich die Limo auf den Nachttisch und nahm mein Handy aus der Tasche und habe meiner Cousine ein Audio hinterlassen: „Es ist so schön hier. Du musst unbedingt auch mal kommen."

Eigentlich mag ich keine Limonade aber nach dem ersten Schluck war ich wirklich positiv überrascht. Viellicht fragt ihr euch gerade warum hat er sich dann eine genommen? Ganz einfach. Weil wir nichts anderes dahatten! Also Fanta aus Kroatien ist immer eine Reise wert. Ich führte ein Selbstgespräch und lobte die Menschen, die für die Geschmacksrichtung verantwortlich waren im höchsten Ton: „Ich könnte mir

vorstellen mit der Limonade einen Kuchen zu backen.
Es fing an zu Quietschen und ich hörte so ein Kratzen.
Eine Stimme sagte: „Passwort erkannt. Zugang gewährt."
Das Bett schob sich zur Seite und der Boden ging auf.
Eine Treppe führte ins dunkle Nichts.
Ein paar male sah ich mich um damit mich niemand
sehen konnte. Diese Scene kannte ich aus einem Film,
der bald erscheinen sollte. Die Hauptfigur sagte ein
Wort und ein Geheimgang öffnete sich. Ich habe nach
Kameras gesucht. Verstehen Sie Spaß hat doch so verrückte Ideen. Das würde erklären, warum es keine
Fenster gibt. Da war aber nichts. Meine Handykamera war die Einzige, die mich zum Star machen
würde und selbst das bezweifle ich. Wer will mich
schon in einem Film oder einer Serie sehen.
Stufe für Stufe ging ich diesen dunklen Weg nach unten. Ich hatte keine Ahnung was mich da unten erwarten würde aber mein Verlangen nach Abenteuern
trieb mich dort Runter. Als es dann so dunkel war das
ich die Hand vor Augen nicht mehr sehen konnte
nahm ich die Taschenlampe von meinem Handy raus.
Viel Licht machte die jetzt nicht, aber es reichte, um
die Stufen zu sehen. Ich hatte keine Lust darauf im
Urlaub ins Krankenhaus zu müssen.
Sicherheit geht nun mal vor oder so.
Der Akku meines Handy war leer und mir fehlte eine
Lichtquelle. Langsam tastete ich mich an der Wand ab
und fand einen Schalter. Als ich ihn betätigte wurde
es so hell, dass ich meine Augen verdecken musste.

Nachdem ich meinen Arm, in dem ich mein Gesicht verbarg, wegnahm, sah ich ein Team mit vielen Menschen.

Manche trugen weiße Mäntel. Das waren die Wissenschaftler.

Dann welche in speziellen Anzügen. Diese schienen sich mit Kampfkunst auszukennen.

Zudem gab es auch viele normal aussehende.

Es kam ein koreanisch aussehender Mann. „Ich bin Dang Bit. Freut mich Sie kennenzulernen Agent Lewis."

-Kapitel 6-
Die Agents

Dieser Dang war wohl zu mir eingeteilt wurden. Aber das hat mich gar nicht gestört. Viel verwirrender war es das unter meiner Ferienunterkunft ein riesiger Unterschlupf war. Die Wände waren alle hell und es gab Wasserspiele so wie Rolltreppen und Aufzüge. Es gab sogar eine Rezeption. Dang hat mich herumgeführt und mir gesagt, dass sie mich seit einiger Zeit beobachten würden und die ganze Reise nach Kroatien ein Plan war.

Es gibt sogar einen Plan damit ich länger bleiben konnte da meine Zeit in Kroatien länger werden würde.

Dang durfte mir nicht alles sagen hat mir aber dafür einiges gezeigt und neue Leute vorgestellt. Zu meinem Erstaunen konnten sie die gleiche Sprache wie ich. Eigentlich voll das Klischee, das im Ausland alle die gleiche Sprache können wie die Hauptperson aber wie sollen wir uns sonst verständen? Zudem wäre es für mich zu schwer auf Kroatisch zu schreiben.

Es gab auch ein Paar Personen in meinem Alter waren. Diese sollten mit mir zur Schule gehen da ich, bis in die Schulzeit bleiben müsste. Sie hätten mir dann geholfen, wenn ich es gebraucht hätte.

Ich dachte aber viel mehr daran, wie mir jemand helfen wird damit zurecht zu kommen, dass eine geheime Basis unter meiner Ferienunterkunft ist. Damit musste ich wohl iwie zurechtkommen.

Dang sagte mir das es wichtig ist das ich keinem etwas sage und mit dem trainieren anfangen würde. Viellicht denkt ihr jetzt an sowas wie Liegestütze, aber die musste ich nicht machen. Nicht weil ich keine Liegestütze kann, sondern weil ich sie nicht brauchte. Mir wurden Psychotricks und Spionagetipps gegeben. Jetzt kommt es zu einem Zeit Hüpfer. Ich war bereits eine Woche in Kroatien und habe viel Sachen gemacht wie zum Beispiel Unterwasserbilder. Meine Mutter wollte auch mal auf den Markt. Da hatte ich zwar kein Bock drauf, aber ich habe viele gute Spots gefunden, an denen man schöne Bilder machen konnte. Wenn ich dann abends schlafen gehen sollte, bin ich heimlich in die Basis gegangen, um weiter trainiert zu werden.

Mir hat niemand gesagt für wann und warum, aber ich sollte mir alles merken und im richtigen Moment nutzen. Um mich herum waren so viele Menschen. Es war leicht bedrängend. Ich fühlte mich als wäre ich berühmt. Natürlich weiß ich nicht wie es sich anfühlt berühmt zu sein doch genau so habe ich es mir vorgestellt.

Am Vorabend der Eigentlichen Abreise saß ich mit meiner Familie zusammen im Restaurant und haben den Urlaub Revue passieren lassen. Es fiel mir schwer nicht über den Tag zu reden an dem ich die Basis gefunden habe oder die Nächte in denen ich trainiert habe. Das war der Zeitpunkt, an dem ich mir unsicher wurde. Ich fragte mich so vieles. Was wäre, wenn das alle nur in meinen Gedanken passiert ist? Diese Frage stelle ich mir noch heute doch wenn mich jemand in den Arm gezwickt hätte, wäre ich wohl auch nicht wach geworden.

Agent Dang sagte zwar das ich auf einen bestimmten Moment vorbreitet werde und ich länger bleiben werde als geplant, aber es war schon spät und allmählich fragte ich mich wie er sich an die Worte halten wollen würde. Zudem fühlte ich mich paranoid. Ich sah immer wieder eine Person, die mich beobachtet hatte, aber eigentlich wäre das total normal, wenn man in der Stadt ist, denn dort sind viele Menschen. Der Gedanke daran wieder in meinem sicheren Zuhause in Deutschland zu sein beruhigte mich und geistig habe ich mir vorgestellt, wie alles Passierte verdrängt wird.

Doch das passierte nicht!

Wenn ich eine Sache bei den Agents der Basis gelernte habe, ist es zum einen das sie Geheimnisse gut bewahren können und zum anderen niemanden mit dem Wissen der Basis gehen lassen.

-Kapitel 7-
Unumkehrbar

Am Tag unserer Abreise waren die Reifen unseres Autos aufgeschlitzt und die Klimaanlage kaputt. Meine Eltern sahen sich nach Flügen um, doch alle waren ausverkauft. Reisegruppen waren voll und kein Weg führte uns zurück nachhause.
Wie ein Dieb in der Nacht wurde es uns unmöglich gemacht in unser normales Leben zurückzukommen. Ein merkwürdiges Gefühl war in der Luft und ich wusste nicht was es war, doch irgendwas hat mir gesagt, dass diese komische Basis im Keller unserer Unterkunft etwas damit zu tun hatte.
Nachdem meine Eltern mit dem Vermieter unserer Unterkunft vereinbart hatten das wir etwas länger bleiben dürfen stampfte ich mit einem enormen Groll auf die Leute, die dafür verantwortlich waren, zu. Dang drehte sich mit einem provokanten lächeln zu mir. „wir sind nun Mal unumkehrbar."

Am liebsten hätte ich ihm eine rein gehauen, aber das hätte meinem Wesen nicht entsprochen. Zudem bin ich genau deswegen schlecht im Kämpfen.

„Was sollte das? Wegen euch kann ich nicht zurück nach Hause. Am Montag habe ich wieder Schule."

Er musste lachen und ging mit einer Gruppe von Menschen weg, nachdem er mir den Rücken zugekehrt hat. „Wir brauchen dich noch kleiner." Leicht verzweifelt stand ich nun da. In einer großen Halle. Die weisen Wände drückten mich ein und ein kalter Schauer breitete sich auf meinem Rücken aus.

Ich ging zurück zu meiner Familie, um mit ihr die Situation zu besprechen. Meine Mutter meinte das wir zuerst einmal die Koffer etwas auspacken sollen damit wir die Zeit vertreiben können. Als ich in meinen Koffer sah fand ich einen Zettel. Es war ganzes Formular. Auf diesem stand ein Stundenplan zu einer Kroatischen Schule inklusive einer Lehrerliste. Zudem stand drauf das Deutsch unterrichtet wird. Es war ein gesamtes Formular, das es mir erlaubte zur Schule zu gehen und das in Kroatien.

Ich rannte zu meinen Eltern und zeigte ihnen den Zettel. Natürlich hat mich diese Dang genervt, aber wenn ich schon länger im Urlaub bleiben muss, dann möchte ich auch einen Mehrwert. Diesen habe bekommen in dem ich das kroatische Lehrsystem mitmachen durfte. Meine Eltern konnte ich überzeugen und machte mich daraufhin am Wochenende auf meinen ersten Schultag in einer neuen Schule bereit.

Die Überraschungen der Basis hörten nicht auf. Mich hat eine Tasche mit Lehrmaterialien erwartete. Zudem bekam ich ein Tablett gestellt.

Allmählich fragte ich mich ob diese Leute vielleicht die Bösen sind und ob sie nur Sympathiepunkte haben wollen. Sie haben immerhin schnell mein Vertrauen bekommen, auch wenn ich sauer auf diese Leute war. Und bevor wir weiter nur Wörter wie „Die Basis" benutzten kann ich noch etwas sagen. Denn mich hat ein Brief in der Tasche erwartet. Dort wurde die Sogenannte Geheimorganisation „R.O.P" genannt. Die Abkürzung stand für „Rider of Peace". Die gibt es, um gegen eine komische und eigentlich ausgerottete Organisation zu kämpfen. „L.I.O.N" ist der Name von dieser Organisation und steht für „Lie in others Name". Das waren also die Bösen. Eigentlich genau so wie in jedem Action Film in dem es mindestens einen Helden gibt. Da merkte ich das meine Gedanken, bezüglich das die R.O.B die Bösen sind, komplett Falsch sind und mein Training dafür war, um mehr über diese komische Löwen Organisation in Erfahrung zu bringen. Das war dann endlich das Abenteuer, auf das ich ewig gewartet habe und ihr seid direkt dabei.

Noch am gleichen Wochenende lernte ich ein Teil der Basis zu werden. Mein Ziel war es auch Unumkehrbar zu sein. Nachdem ich das dann geschafft hätte, war es meine Aufgabe mehr über die L.I.O.N herauszufinden. Alles was ich bis zu dem Zeitpunkt wusste war es das sich diese Organisation Personen ausgesucht hat, um diese auf verschiedene Weisen zu manipulieren. Sie haben also sich als eine andere Person ausgegeben und sich dann schlecht verhalten. Das endete dann mit zu wenig Wählern oder Armut von reichen Personen. Doch für mich sollte es zur Aufgabe werden mehr herauszufinden und was die neue Masche der Lügner geworden ist. Danach würde sich ein speziell darauf trainiertes Hackerteam um die Opfer kümmern und dafür sorgen das die Bösen hinter Gitter kommen.

-Kapitel 8-
Stella Marvia

Auch wenn ich die ganze Zeit für den Boss gehalten wurde, kannte ich sie nicht wirklich. Manchmal hörte ich ein paar Leute über sie tuscheln, aber wenn ich an ihnen vorbeigekommen bin, hörten sie direkt auf. Für mich war sie ein Mysterium, weil jeder von ihr sprach aber keiner etwas von ihr sah. Es gab keine Flyer oder Fotos. Aber irgendetwas musste es ja geben, weil wie kann eine so wichtige Frau für eine Organisation so unsichtbar sein.

Doch als ich eines Nachts bei einem Meeting mit den anderen Agenten war fingen wieder ein paar Personen an zu flüstern.

Plötzlich stand eine Frau mit dunkelrotem Haar das streng nach hinten gezogen wurden ist vor ihnen. Die anderen wurden Kreidebleich und ich wusste nicht was los war. Zu meinem Glück war Dang da. Er hat mir dann alles über Marvia gesagt. Sie ist die Tochter des Phoenix. Phoenix war ihre Mutter. Als sie ein

Kind war wurde sie von einer Gruppe die sich „Evil is King" nannte festgehalten. Sie war eine gute Agentin und das merkten die Gruppenanführer. Ihre Mutter war perfekt, doch ihr kamen die Gefühle in die Quere. Man beschloss sie ihr zu nehmen doch bis heute weiß keiner wie es nicht dazu kam. Mit 19 Jahren war sie in als Geisel in einem Lager versteckt. Dieses sollte gesprengt werden da Jugendliche immer wieder was angestellt haben und der Ort selber recht gefährlich war. Nach der Explosion kam Marvias Mutter mit Asche am Körper und einem Violetten Leuchten in den Augen aus den Trümmern heraus. Als dann ein Feuerwehrmann „Der Phoenix ist aus der Asche erwacht," gesagt hat wurde sie unter dem Namen Phoenix bekannt. Sie wollte ihre eigene Tochter so erziehen wie sie von der E.I.K (Evil is King) erzogen wurde.

In jungen Jahren fühlte Marvia sich einem enormen Truck ausgesetzt. Sie lernte anders als andere Kinder damit zu leben. So wurden ihre Ansprüche hoch und deswegen hat jeder Angst in der R.O.B etwas falsch zu machen, auch wenn sie nicht der Boss ist.

Manche munkelten das sie so ist, weil sie selber nie eine große Aufgabe hatte.

Während die anderen also Angst hatten bin ich locker flockig zu ihr gegangen aber habe trotzdem Respekt gezeigt. Sie freute sich zuerst einmal das ich zu ihr gegangen bin und danach hat sie mir einiges gesagt was wichtig werden könnte in Bezug auf die L.I.O.N.

Danach machte ich mich für meinen ersten Schultag fertig.

-Kapitel 9-
Dritter erster Schultag

Ich weiß nichts ersetzt den ersten Schultag. Alle sagen da beginnt der Ernst des Lebens. Das gleiche bekommt man gesagt, wenn man seinen ersten Schultag auf einer weiterführenden Schule hat. Doch zu mir hat das keiner gesagt als ich zum ersten Mal zu einer Schule ging, die in Kroatien liegt. Eigentlich was alles normal bis auf die Tatsache das mein Bruder frei bekommen hat und die Aufgaben von den Lehrern zugeschickt bekommen hat.

Mein Vater gab mir nach dem Frühstück einen Stadtplan für den Fall, dass ich mich verlaufe. Danach nahm ich meine Tasche und ging los.

Während die Touristen alle wieder in ihren Heimatländern waren, war es in Kroatien ziemlich still und ich habe die Ruhe genutzt, um mich auf die Vorstellungsreihe vorzubereiten. Doch dann kam ein laut brummendes Etwas. Es war ein schwarzer Bus und ich war der festen Überzeugung das ich entführt werde. Dann ging die Tür des Busses auf und Dang überraschte mich. „Und... freust du dich auf deinen ersten Schultag?" Eigentlich ist Schule gleich Schule, aber wer hat die Möglichkeit kostenlos in einem anderen Land unterrichtet zu werden? Eben niemand. „Ich freue mich ja aber noch ehr würde ich mich freuen, wenn du mich zur Schule fahren könntest."

Er sagte nur: „Ne sorry kleiner" und verschwand wieder.

Total verschwitzt vor Anstrengung kam ich bei der Schule an. Es war eine Privatschule, die leicht bedrohlich wirkte. Es gab ein hohes Gebäude, auf dem sich Schafschützen befanden. In diesem standen Männer mit Gewähren. Ich dachte daran das sie vielleicht so vor einem Amoklauf auf der Schule vorbereitet sein wollen. Also fing ich an sie nicht mehr zu beachten. Der Rest ähnelte einem Grauen Kasten. Es gab von außen keine Wiese zu sehen oder irgendwelche Spielgeräte. Auf meiner Schule in Deutschland waren zwar auch keine, aber es wirkte trotzdem normal und nicht wie so ein gefühlsloser Stein. Vor mir war ein elektrisches Tor mit einer Sprechanlage. „Identifizieren sie sich," sagte die Stimme eines Mannes. „Lewis Stuck," sagte ich da ich nicht wusste was er sonst erwarten könnte.

„Sie wurden bereits erwartet."

Das Tor öffnete sich und nachdem ich tief eingeatmet habe, betrat ich das Gelände. An den Mauern, die um das Gesamte Gelände gingen, waren Figuren gemalt. Jedoch waren sie verstörend. Jeder hatte ein aggressives lächeln aufgemalt bekommen. Langsam und doch bedacht ging ich die Mauern ab und stieß auf eine wahrscheinlich nachträglich gemalte Figur. Diese wurde mit einer anderen Farbe gemalt und sahs mit einem traurigen Blick auf dem Boden. Alle anderen Figuren, die ich sehen konnte, hatten eine einheitliche Farbe und wie schon gesagt haben alle ein Lächeln im Gesicht getragen.

Ich machte mir nichts draus immerhin waren es nur ein Paar gemalte Figuren an den Wänden einer Schule. Als ich auf dem Weg zum Eingang des richtigen Schulgebäudes war kam mir ein Mann im Braunkarierten Sako entgegen und umarmte mich. Der harte Bügel drückte sich gegen meinen Schädel und ich wusste nicht was abging.

„Es schmerzt mir das sie nicht nachhause können doch wir geben uns auf unserer Schule unser bestes damit sie sich hier wohl fühlen werden." Seine Stimme klang nicht wie die eines Touristenführers der extra Deutsch als Kroate gelernt hatte. Es war viel mehr eine deutsche Aussprache mit einem Schweizer Akzent. Er hat angeboten mir die Schule zu zeigen, doch ich wollte mich zuerst auf meine Rolle vorbereiten. Ich war immerhin der Neue. Es sollte mein Ziel werden dieser Rolle gerecht zu werden. Auf meiner Agenda stand das Finden von Freunden und das werden eines guten Schülers. Der Mann der auf mich zugekommen kam wies sich in einem Sekretariat als der Direktor aus. Das erste was mir auffiel war das überall nur Männer waren. In Deutschland waren es eher die Frauen die überwiegend Sekretärs Aufgaben zu machen hatten. Für mich wurde es Zeit einfach alles als eine Art Bedrohung zu erkennen und so ging ich dann mit alles was für mich neu war um. Als es zur Pause klingelte wurde ein Mädchen aufgerufen. Ihr Name war Elena Martinez. Sie hatte dunkles, Schulterlanges Haar, das so gelockt war, dass dieses Loch hochkant war. Ich weiß ich bin schlecht im Erklären aber genau so sah es aus! Sie trug ein dunkles Augenmakeup und war eher als Rebellin bekannt. Zur Strafe sollte sich mich dann begleiten und alles erklären. Doch als der Direktor weg war habe ich ihr gesagt das dies nicht nötig wäre. Somit habe ich sie noch nicht sprechen hören. Trotzdem habe ich erfahren das sie im selben Alter war wie ich und ihre Eltern vielbeschäftigte Personen waren. Das war auch der Grund, weshalb sie auf einer Schule war, auf der Man Deutsch spricht. Eigentlich kam sie aus Mexico, doch sie musste alle drei Jahre in ein anderes Land ziehen und hat so einige Sprachen gelernt. Für mich wirkte das interessant und das sie so viel verreist ist hätte daran liegen können das sie auf der Flucht vor den Regierungen der Welt ist. Ich merkte mir also ihre Worte und nachdem der Unterricht zu Ende war ging ich am Abend in die Basis und habe dort alles was ich an Informationen gesammelt hatte an Dang und Marvia weitergegeben.

-Kapitel 10-
Ein Teil des Ganzen

Ich habe mich hochgearbeitet in meiner ersten richtigen Woche. Sowohl in der Schule als auch bei der Geheimorganisation. Diese Elena wurde mein Ziel, auch weil sie noch immer kein Wort gesagt hat. Ich fing an mehr über sie herauszufinden doch bis auf ein paar Klassenbucheinträge war sie sauber.

Es gab keine negativen Auffälligkeiten und auch keine Gesetzesverstöße. Dang fing an mir Druck zu machen. Sie war angeblich nicht der Übeltäter, aber dann bin ich ihm gegenüber laut geworden. Ich sagte ihm das ich der Boss bin und entscheide wer welchen Auftrag wie macht. Er hat mich verstanden und mir tat es leid ihm gegenüber so laut geworden zu sein.

Trotz der Vorkommnisse habe ich mich durchsetzen können. Ich durfte alles planen und habe beschlossen mit ein paar Agenten in einem schwarzen Minivan diese angebliche Elena Martinez unter Beobachtung zu halten. In der Schule habe ich von ein paar

Mädchen gehört, das sie in der Stadt sein wird, also bin ich dort mit einer Handvoll Agenten hingefahren. Wie erwartet war sie da. Vielmehr sahs sie da. Sie sahs auf einer kleinen Grünfläche, von der man zum Strand blicken konnte. Drumherum waren ein paar Geschäfte, die gerne von Touristen aufgesucht wurden. Sie trug eine schwarze und sehr große Sonnenbrille. Sie trug trotz den hohen Temperaturen nur dunkle Farbtöne.

Gegen Mittag füllte es sich und wir mussten mit dem Van iwo Parken. Als ich dann jedoch ausgestiegen bin, um sie weiter zu beobachten war sie weg. Ich machte mir vorwürfe und dachte daran was ich alles hätte verpasst haben können. Ich sah weiter umher, doch ich habe sie nicht gefunden. „Dieser Fehler ist…" mit einem fast schon schrillen schrei unterbrach ich die smart klingende Stimme. Ich drehte mich und sah Elena die ihre Brille abnahm und wahrscheinlich gerade einen Hörsturz hatte.

„W-Was machst du hier?" Fragte ich sie in einem Ton, der signalisieren sollte, dass ich absolut nicht wusste das sie in der Stadt ist.

„Naja ich bin hier, weil ich mir gedacht habe das du hier sein wirst, um mich zu suchen." Elena lächelte mich an lehnte sich neben ein Gebäude. Ganz cool und selbstverständlich fragte sie mich: „Fahren wir jetzt zur Basis?"

Ich versuchte nicht auffällig zu werden doch als ich die Agenten lachen sah, die mit mir gekommen sind, merkte ich das was faul war. Es kam raus das Elena ein Teil des Ganzen sein sollte. Gemeinsam fuhren wir zur Basis, in der uns Dang erwartete. Es gab ein paar Kichereien und Dang selber fand es zum Brüllen komisch das ich Elena verdächtigt habe.

Die Rolle in der Schule? Das auffällige Mädchen in der Schule war gespielt. Sie war eigentlich eher die verrückte die sich auch gerne mal herausputzt. Doch, nachdem das abgeklärt war, wurden mir die Augen verbunden. Vorsichtig wurde ich durch die Basis geführt. Und das so lange bis wir nach einer Zeit im Kreis laufen stehen blieben. Das habe ich nämlich gemerkt. Es ging immer die gleiche Anzahl an Schritten in eine Richtung und danach habe ich mich drehen müssen. Als ich dann stand habe ich gehört wie geflüstert wurde und danach wurde an meiner Augenbinde gespielt. Sie wurde mir schlussendlich abgenommen und vor mir standen drei Personen in meinem Alter. Ein Mädchen mit langem blondem Haar sahs auf einem Stuhl neben einem Jungen mit dunklem Haar und hinter den beiden stand Elena. Der Junge hieß Brendan und das Mädchen Emma. Sie ist so alt wie ich und Elena, aber Brendan ist bereits zwei Jahre älter. Sie wurden Mein Team. Während Brendan und Emma sich um die Forschung kümmerten haben Elena und ich das Agentenzeug gemacht. Wir wurden ein Teil des Ganzen.

-Kapitel 11-
Das Team und der Auftrag

Die zweite Schulwoche sollte starten und am Vorabend stattete ich meinem Team einen Besuch ab. Es ist immer noch komisch „Team" zu sagen da ich noch nie zu etwas gehört habe das nicht erzwungen war. Wir waren eine Lustige Truppe und haben viel geredet, aber bevor ich jetzt abschweife, geht es zurück zum Thema. Elena hat Brendan beim Reinigen der Petrischalen geholfen während Emma alleine an einem der Tische sahs an denen für gewöhnlich gearbeitete wurde. Ihr Gesicht war von Trauer gezeichnet und ich fragte sie nach ihrem wohlergehen. „Weißt du, Brendan und ich kennen uns schon etwas länger und haben ein tolles Verhältnis, aber irgendwie ist da mehr." Ich habe mich ihr gegenübergesetzt und nach ihrer Hand gegriffen. „Sag es ihm. Viellicht muss er lachen, vielleicht hat er nicht dieselben Gefühle für dich, aber vielleicht liebt er dich auch und traut sich nicht mit dir zu reden."

Ihr Kopf blieb zum Tisch geneigt und sie zuckte mit ihren Schultern. „Egal was passiert. Ich bleibe hier sitzen. Solange wie du es für nötig fällst. Ich bin für dich da Emma!"

Sie fing das Lächeln an und sah hoch zu mir. „Danke Lewis."

Mir fielen die wenigen Agenten in der Basis auf und ich fragte Emma, wo alle wären.

Sie hat von irgendeinem Kristall geredet. „Naja vielleicht sollte ich schlafen gehen. Hast du morgen nicht auch Schule?" Sie sah mir tief in die Augen und blieb ernst. „Ich gehe nicht zur Schule." Plötzlich schreckten Elena und Brendan hoch. Sie kamen zu uns. Es wirkte so als hätte Emma etwas Falsches gesagt, aber ich habe ihre Antwort gar nicht richtig war genommen. Ich dachte vielmehr daran das es ein Scherz war. Brendan zog eine Wanze aus seiner Hosentasche. „Hiermit werden wir herausfinden wer zur L.I.O.N gehört. Elena holte ihren Laptop und zeigte uns ein gehacktes GPS-Signal.

„Lügen können, die vielleicht aber das verdeckte arbeiten üben wir noch mal. Während wir auf dem einen Laptop das GPS verfolgten, hat sich Elena in die verschiedenen Überwachungskameras gehackt. Wir wollten sehen mit wem wir es zu tun haben. Die Person ging an der Schule vorbei in der ich und Elena Unterricht hatten. Doch dann war das Signal weg.

Alle waren neugierig und wollten wissen wer und wo die Person ist. Nur ich war Hundemüde. „Ey wenn ihr nichts dagegen habt, würde ich jetzt schlafen gehen." Die anderen haben mich verabschiedet und beim Rausgehen habe ich die Wanze vom Tisch mitgenommen. Ich schlich durch die dunkle Basis. Um mich herum flackerten die leuchten. In mir breitete sich das Gefühl von Macht aus. Eigentlich hatte ich keine. Immerhin war es nur eine Wanze, die ich hatte. In meinem Zimmer überlegte ich was ich mit ihr anstellen könnte und was passieren könnte, wenn ich sie verliere. Ich hatte und habe kein Interesse daran irgendwelche Fremden abzuhören. Die Wanze hatte eine starke Ähnlichkeit mit dem Aussehen eines Knopfes als wäre das verlieren oder einstecken per versehen möglich.

Doch bevor ich mir weiter Gedanken machen konnte, bin ich schon eingeschlafen. Die in der Nacht neuaufgetankte Kraft wurde dann am nächsten Schultag gebraucht.

Gleich in den ersten beiden Stunden hatte ich Mathe. Obwohl ich der neue war, wurde ich genauso behandelt wie alle anderen. So war es auch in den anderen drei Stunden.

In der Letzen Stunde hatte ich dann zum ersten Mal eine Lehrerin und keinen Lehrer. Ihr Name war Smith. Also Frau Smith. Eigentlich war unser Thema ein ganz anderes, doch sie fing an über Roboter zu reden die eine Bereicherung für unser Leben wären. Die Technik würde angeblich alles für uns machen, aber eigentlich stimmt das nicht. Der Mensch sorgt immerhin für das Wissen einer Maschine, aber das wollte ich nicht sagen. Es wäre kein guter erster Eindruck, wenn ich der wohl einzigen Lehrerin auf der Schule widersprochen hätte.

Die ganze Stunde haben wir nur über dieses eine Thema geredet und ich bin fast eingeschlafen. Ich habe halt keinen Plan von Technik und wie da was funktioniert. Mein Sprichwort lautet: „Solange ich es nicht selber machen muss, werde ich auch nicht wissen müssen, wie es funktioniert."

Als es dann zum Schulschluss klingelte habe ich gewartet, bis alle Schüler weg waren. Denn soweit es geklingelt hat, sind alle durcheinandergelaufen und es wurde herumgeschubst. Darauf hatte ich echt kein Bock.

Doch als ich dann gehen wollte hat mich Frau Smith aufgehalten. Sie wollte wissen, wie es mir geht und ob ich Freunde gefunden habe. Aber das komischste war das sie mir geraten hat mich von Elena fernzuhalten. Während dem Gespräch flatterten meine Arme grundlos in der Luft also steckte ich sie in meine Hosentasche und da merkte ich das ich noch die Wanze hatte. Als Frau Smith mit mir aus dem Raum ging habe ich vor gehen lassen und habe die Chance ergriffen, um ihr die Wanze in die Handtasche zu werfen. Meine Hände haben gezittert, aber ich habe es geschafft.

Als ich das Schulgelände verlies haben bereits meine Eltern auf mich gewartet. Gemeinsam sind wir zu McDonalds gefahren. Auf dem weg haben mich jedoch Schuldgefühle geplagt.

Man Spioniert seine Lehrer nicht aus und man klaut erstrecht nicht von Freunden die Sachen doch als ich nach dem Essen in der Basis ankam wurde ich erwartete.

Brendan hat mitbekommen, wie ich die Wanze genommen habe, aber er schien nicht sauer. Dang und Marvia waren bei meinem Team und gemeinsam sahen sie auf einen Bildschirm. „Du hast es geschafft Lewis." Ich sah verwirrt zu ihnen doch habe nichts gemerkt. Langsam ging ich zum Bildschirm, der von den anderen zugestellt war. Und dann sah ich es. Absolut nichts. Die anderen lachten. Brendan lag seine Hand auf meine Schulter. „Wenn du schon eine Wanze versteckst, solltest du auch wissen das sie nur Geräusche aufnimmt." Du lachtest und die anderen zeigten dir ein Aufnahmegerät. Als du dieses Abhörtest hast du es förmlich gesehen. „Agent 612 steht ihnen zu diensten. Die Löwinnen sind ausgebrochen." Das war die Antwort, die wir bei den Falschen Leuten gesucht haben. „Wie konnten wir es nicht schon vorhergeahnt haben," sagte Emma. Es stand fest das Frau Smith war ein Teil der L.I.O.N. Organisation ist.

Die Aufgabe meines Teams wurde es den Löwen zurück in den Käfig zu bringen wo er niemandem mehr etwas tun kann und seine richtige Behandlung bekommen würde.

-Kapitel 12-
Der Junge und der Stein

In der Schule ist mir immer wieder dieser eine Junge
aufgefallen. Er sahs hinten in der letzten Reihe und
hat sich nie am Unterricht beteiligt. Das war eigentlich nicht das Problem. Er hat mir einfach leidgetan.
Sein Name war Steven und er kam mir so verloren
vor. Es war so als ob er innerlich leer war. Ich spürte
das es ihm nicht gut ging. Aber ich wusste es nicht.
Die anderen in der Klasse haben Abstand gehalten,
aber ich konnte es irgendwie nicht.
Für gewöhnlich gebe ich niemanden auf und so war
es auch bei ihm. Mir kam es so vor als hätte er vergessen das er der main Character in seinem Leben ist.
Nach dem Unterricht bin ich zu ihm gegangen. „Hey
Steven, wie geht es dir?" Sein Kopf ging ruckartig
nach oben und seine dunkelbraunen Augen sahen tief
in mich hinein. „Woher kennst du meinen Namen?"
Ich fing an zu lachen und erzählte ihm davon, wie
schwer es eigentlich war an seinen Namen zu

kommen, doch dann merkte ich das ihn mein vieles Gerede verängstigte. „Okay weißt du was? Hast du morgen was vor?"

Er reagierte nachdenklich auf meine Frage. „Ähm nein warum?"

Ich lächelte ihn an um habe ihm meine Hand hingehalten. „Lass uns morgen was Unternehmen," habe ich ihm angeboten und er nahm lächelnd meine Hand, um aufzustehen.

Auch wenn mich meine Eltern nicht gefragt haben, habe ich ihnen beim Mittagessen gesagt, dass ich einen neuen Freund gefunden habe. Das hört sich zwar an als hätte ich irgendeinen Gegenstand gewonnen, aber es heißt ja auch nicht umsonst „Ich habe neue Freunde gewonnen."

Neben Steven, der zum Gesprächsthema wurde, haben meine Eltern gesagt das sie am nächsten Tag wandern gehen möchten. Sie haben mich und meinen Bruder gefragt, ob wir auch mitkommen wollen aber meine Unternehmung mit Steven war eine gute Ausrede.

Nach dem Essen sind die beiden dann einkaufen gegangen und ich war auf dem Weg zur Basis. Ich beschwerte mich darüber das ich jedes Mal Treppen gehen musste, um unten anzukommen. Zudem dachte ich darüber nach wie die ganzen Agenten jeden Tag dahin kommen wollen würden. Immerhin habe ich sie nie in meiner Ferienunterkunft gesehen.

Als ich dann unten war sah ich wie viele Wissenschaftler der Organisation in den Raum gegangen sind, in dem ich Brendan die Wanze abgezogen habe. Sie standen im Kreis um einen Tisch und als ich mich durch die Mauer von Menschen gekämpft habe sah ich es.

Ein schwarzleuchtender Stein mit einem Hauch von Indigo befand sich vor mir und alle starrten auf ihn. Ich war neugierig. „Was ist das?" Elena kam zu mir. „Das ist ein Marestone. Ein enorm seltener Stein den selbst nur ich aus Geschichten kannte."

Auch wenn es interessant war einen Stein zu beobachten den wahrscheinlich noch nie ein Mensch vor uns gesehen hat fragte ich Elena, warum wir ihn brauchen. Sie meinte nur das die Untersuchung des Steines nicht für unsere Mission nötig wäre und nur Brendan gemeinsam mit Emma den Stein mit einem Team untersuchen solle. Ich war zwar verwundert warum da jetzt ein neugefundenes Element in der Basis lag aber seit meiner Ankunft in Kroatien war nichts mehr normal. „Wenn Brendan und Emma bei der Untersuchung helfen sollen, warum sind sie dann nicht da," Fragte ich Elena die gerade ein paar Formulare unterschrieben hat. Langsam wurde mir das alles etwas komisch, aber irgendwie habe ich die Kontrolle verloren. Das Gefühl, das ich aus der Schulzeit kenne, war wieder da. Ich war wieder alleine und fiel in dieses dunkle und tiefe Loch, ohne zu wissen, wann und wie ich am Boden ankommen würde. Irgendwie bröckelte die Realität. Es war wie in einer Scheinwelt zwischen Scifi und dem realen Leben. Meine Gefühle

waren echt doch das Leben hat sich so anders ange-
fühlt.

-Kapitel 13-
Das Treffen auf eine andere Art

Ich habe mich für das Treffen mit Steven fertig gemacht und habe in der Basis einen kurzen Abstecher
gemacht. Dort habe ich etwas Erschreckendes gesagt
bekommen. „Lewis du bist in Gefahr."
Mir wurde eine frischaufgenommene Tonaufnahme
abgespielt in der Smith gesagt hat das sie einen der
Löwen auf mich loslassen will. Auch ohne zu wissen
was genau mit Löwen gemeint ist war klar, dass sie
mir irgendetwas antuen, wollte. Ich versprach den
anderen auf mich aufzupassen und im Notfall meine
Selbstverteidigungsskills zu nutzen. Danach habe ich
das Haus verlassen und bin in zu dem Eiscafé gegangen, in das wir uns verabredet haben.
Ich war wohl vor ihm da und habe mir einen Platz am
Fenster Gesicht Dort habe ich dann auf Steven gewartet.
In der Zwischenzeit habe ich eine Nachricht von
Emma bekommen. „Hey, bist du später bei der

Untersuchung dabei? Ich will mit Brendan reden, aber alleine schaffe ich das nicht."

Ich habe ihr geschrieben das ich da sein werde und lag das Handy weg.

Die Zeit verging und ich fragte mich, ob Steven vielleicht das Treffen vergessen haben könnte. Ich hatte seine Nummer nicht deswegen konnte ich ihn nicht anrufen. Gestresst sah ich aus dem Fenster. Der Tag sollte eigentlich entspannt sein, aber ich war auf zwei Hochzeiten eingeladen. Erst das Treffen mit Steven dem jungen aus meiner Klasse dem ich helfen wollte Anschluss zu finden. Und dann noch die Untersuchung und die Erziehungshilfe mit Emma und Brendan. Doch dann kamen meine Eltern auf das Eiscafé zu und bei ihnen war Smith. Entweder hätte ich meine Identität auffliegen lassen können und mich auf der Straße mit meiner Lehrerin geprügelt oder ich hätte mich durch den Hinterausgang schleichen können.

Ich entschied mich für zweiteres und eilte nach draußen. Dort habe ich mich hinter einem Eiswagen bei den Mülltonen versteckt. Es verging eine gewisse Zeit und ich fragte mich, ob Smith noch da ist. Gerade als ich aus meinem Versteck gehen wollte kam Steven raus. Ich habe gelacht und er kam zu mir. Im selben Moment sah ich wie Meine Eltern mit der Lehrerin durch die Gasse gehen wollten in der ich mich Versteckte. Mit Händen und Füßen habe ich versucht Steven zu sagen das ich wegmuss. Er öffnete die Tür des Eiswagens und hat mich hereingeschmuggelt. Steven folgte mir und schloss die Tür. Kurzdarauf hat er sich ans Steuer gesetzt und fuhr los.

„Woher hast du die Schlüssel," Fragte ich ihn verängstigt. Ungewohnterweise blieb er total cool und sagte, „Ich arbeite hier," danach lachte er und ich war dezent verwirrt. Wir fuhren zu einem alten Flughafengelände, das schon lachte, gesperrt war. Es war wie in einer Wüste. Alles total sandig. Dort kletterten wir etwas rum und die Zeit verging wie im Flug. Ich habe vieles über Steven erfahren und ich habe gemerkt das er anders wie ich gut im Klettern ist.

Nach einer Zeit haben wir den Tower erreicht und konnten die gesamte Umgebung sehen. Ich habe sogar meine Unterkunft gefunden. Ich sah auf Uhr und merkte das ich dringend losmusste. „Ich muss los Steven. Wir sehen uns in der Schule," sagte ich ihm doch als ich gehen wollte hielt er mich plötzlich fest. „Du gehst nirgendwo hin," sagte er bedrohlich. Er kam mir näher und griff nach meinen Armen. Währenddessen sah er mir die ganze Zeit in die Augen und bewegte seinen Kopf langsam von links nach rechts.

Ich riss mich los und rannte weg. Es war ein merkwürdiges Gefühl, aber ich hatte auf einmal Angst. Mir folgte Steven und ich dachte das wäre mein Ende doch als ich mich umgedreht habe sah ich nur noch einen Vogel weit oben am Himmel. Auch als ich ihn nicht mehr sah hatte ich Angst und ich beeilte mich, um schnell Zuhause zu sein. Es war zwar nur eine Ferien Unterkunft aber in dem Moment der Verfolgung dachte ich an die vielen Menschen in der Basis, die ich ins Herz geschlossen habe. Plötzlich fühlte es sich an wie Zuhause. Ich habe mal gelesen das Zuhause da ist wo die Menschen um einen herum den Ort, an dem man ist, erträglich machen. Genau so war es und ich freute mich als ich heil Zuhause ankam. Trotzdem habe ich mir verspochen mit niemandem darüber zu reden. Jetzt weiß ich das das ein Fehler war.

-Kapitel 14-
Neues Zeitalter oder so

Im Labor der Basis waren bereits einige Wissenschaftler. Unter ihnen waren Brendan und Emma. Brendan hat mich zu sich gewunken. „Nah bist du bereit für ein neues Zeitalter?"

Ich zog eine Augenbraue hoch und habe leicht schüchtern „nein," gesagt. Daraufhin musste er lachen und brachte mich zu den Tischen, an denen wir gemeinsam zu dritt arbeiten sollten. Sie befanden sich relativ Zentral im Labor und man konnte direkt nach gegenüber in die Kantine gucken. Jedoch wurde meine Sicht durch vier in weiß gekleideten Frauen blockiert. Sie kamen mit einem Wagen ins Labor, auf dem sich dieser neue Stein befand. Einer der Wissenschaftler hat dann ein paar kleine Stücke beim Stein abgeschnitten und die einzelnen kleinen Brocken, die er geschnitten hatte auf Petrischalen gelegt. Die Petrischalen wurden von den Frauen an die Tische verteilt. Brendan, Emma und ich fingen sofort mit dem

Untersuchen an. Während Emma den Marestone zerbröselte, sah sich Brendan die Textur unter einem Mikroskop an. Ich fühlte mich währenddessen eher nutzlos. In der Schule bin ich ein Ass im Chemieunterricht, aber hier ging es darum einen noch die dagewesenen Stein zu untersuchen. Für gewöhnlich ist das nicht der Alltag von Jugendlichen in der neunten Klasse das Periodensystem der Elemente, um ein Element zu erweitern.

Ich bot den anderen an Essen für die ganze Gruppe zu besorgen. Es gab keine Einwände und ich ging zur Kantine gegenüber. Dort habe ich mich in die Küche einladen lassen, um nachzusehen was es noch an gutem Essen gab. Jedoch war der Kühlschrank bis auf ein paar Essiggurkengläser leer. Es sollte eigentlich eingekauft werden aber vor den Supermärkten wurde gestreikt und einkaufen gehen wurde unmöglich gemacht. Mit der Kantinenleitung habe ich abgemacht Pizza für alle zu bestellen.

In den Bereich zwischen dem Labor und der Kantine wurden Tische und Bänke aufgebaut. Elena kam später vorbei, um mich abzulösen damit ich zurück ins Labor konnte. Bis zu dem Zeitpunkt hat keiner irgendetwas herausgefunden.

Es befand sich immer noch ein Teil des schwarzen Steins auf dem Wagen. Man hätte ihn fast mit Kohle verwechseln können, doch hier war etwas anders. Es sah aus als wären da ganz viele kleine diamanten in dem Stein. Je nachdem von wo man ihn betrachtete sah man wie er am schimmern war.

Ich sah umher und sah das alle immer nur mit dem Stein alleine gearbeitet haben. „Warum versucht ihr nicht eine Reaktion mit einem anderen Element?" Emma hat sich zu mir gedreht.

„Für gewöhnlich lässt man Elemente miteinander reagieren, wenn man die Eigenschaften mit dem neuen Element kennt." „Zudem haben wir hier keine anderen Elemente, die wir benutzen könnten und etwas bringen würden," sagte Brendan.

Ich sah nach hinten zu den Sauerstoffflaschen neben dem Wasserharn. Die anderen merkten das und rannten alle mit Messbechern zu dem Wasserharn. Dabei viel eine der Sauerstoffflaschen zu Boden. Während ich wartete bis genügend Platzt war, um die Flasche wieder hinzustellen beträufelten die ersten den Marestein mit dem Wasser aber nichts ist passiert. Aufgrund dessen bekam ich niederdrückende Blicke zugeworfen und die Wissenschaftler, die noch am Wasserharn anstanden, gingen zurück. Ich habe mich gerade zu der Sauerstoffflasche gebückt und gespürt, wie Luft gegen meine Hände drückte als Elene uns zum Essen gerufen hat. Ich stand auf und machte mir nichts aus der Flasche. Immerhin war das nur ein kleiner riss in der Flasche. Alle im Raum rannten nach draußen um als erstes ihr Essen zu bekommen. Es wurde recht warm im Labor und zum Schluss kam ich nach draußen. Wir haben uns alle die Hände desinfiziert und anschließend gewaschen. Danach konnten wir Essen. Gemeinsam haben wir uns an die Tische gesetzt. Dang und Marvia kamen auch vorbei.

„Ihr könnt froh sein drinnen arbeiten zu können. Draußen ist es total am Gewittern," sagte Dang. Wir mussten lachen und stimmten zu. Eigentlich liebe ich verregnetes Wetter und Wind aber das in Kroatien war irgendwie nicht dasselbe wie in Deutschland. In Kroatien ist es einfach wärmer und das zerstört den ganzen Vibe. Es blieb eine Zeit lang leise, bis sich dann Dang bemerkbar machte. „Soll es im Labor so vernebelt sein?" Wir sahen alle zum Labor. Es knackte erst und alle dachten das ich es mit meinen Fingern war. Bevor einer etwas sagen konnte wurden wir unterbrochen. Es gab einen lauten Knall und die Glaswände zersprangen in Tausende kleine Scherben. So gut wie alle haben sich erschreckt nur Elena nicht. Sie hatte den Mund zu voll, um zu schreien.

Der Nebel beziehungsweise Rauch viel zu Boden und das Labor wurde total unordentlich von uns gesehen. Der Stein war weg und etwas Neues befand sich in der Mitte des Labors.

Elena stand auf und sah zu diesem etwas. „Ist es etwa ein?" Emma sagte: „Ja." Brendan beendete Elenas Vermutung. „Wir haben ein schwarzes Loch in unserem Labor."

Uns wurde schnell klar das etwas unternommen werden musste. Einer der Wissenschaftler hat eine Drohne darein geschickt die uns ein Bild zu senden sollte, doch es kam nichts an. Das Loch wurde größer und es hätte nicht lange gedauert, bis es alles verschlungen hätte. Brendan ging auf das Labor zu. „Wir werden es nicht aufhalten können." Ich musste schlucken. Ich dachte daran das ich und die anderen wahrscheinlich nie wieder ihre Familie wieder sehen werden. Langsam bekam ich das Gefühl, das es Brendan nicht gut ging.

„Habt ihr vergessen, wo wir hier sind? Das ist der Ort, an dem alles möglich wird! Das ist eine Welt voll mit Wundern."

Ich sah zu Emma und sah ihr den Schock an. „Brendan was hast du vor? Komm zurück," habe ich ihm zugerufen. Das Loch wurde größer und Brendan ging noch näher dran. Plötzlich wurde es Windig und die Lichter in der Basis haben das flackern angefangen. Brendan drehte sich zu Emma. Seine Augen waren mit tränen gefüllt. „Alles wird gut." Daraufhin ging er rückwärst und lies sich von dem schwarzen Loch einsaugen. Emma fiel schreiend zu Boden und das Loch hat sich geschlossen. Der Wind verwehte und die Lichter fingen wieder an zu leuchten. Tränen fielen zu Boden und das Wimmern von Emma war zu hören. Immer wieder hat sie uns angeschrien das wir ihn zurückholen sollen. Selbst mir ist eine Träne über die Wange gerollt. Mir wurde gerade klar, dass ich einen Freund verloren habe. Unbemerkt ging ich aus der Basis zurück in mein Zimmer. Dort habe ich mein Zimmer abgeschlossen und mich auf mein Bett gesetzt. Von Sekunde zu Sekunde merkte ich das gerade die einzige Person, die mich so behandelt hat, wie ich es immer wollte weg war. Brendan war einfach weg und keiner wusste wo. Ich wollte meine Wut rauslassen und schlug immer wieder gegen die Wand, bis ich nicht mehr konnte und weinend zu Boden fiel. „Ich habe gerade einen Freund verloren, den ich gerade erst kennengelernt habe."

-Kapitel 15-
FTFXJZBYWQ

Ich kann das einfach nicht mehr. Was ich nicht kann? Dieses Leben! Warum muss das Leben so hart sein? Alle sagen immer man soll sein Leben leben aber sollte anders heißen. Man muss sein Leben überleben. Nicht weil wir gejagt werden, sondern weil unser Leben durch uns selbst immer schwerer wird. Ich bin das passende Beispiel. In der Schule habe ich keine Freunde und dann kam ich hier her und habe tolle Menschen kennengelernt. Wir waren wirklich ein ganzes Team. Aber jetzt... jetzt fällt es auseinander. Brendan ist durch ein komisch ding einfach verschwunden und keiner kann es mir erklären. Emma hat beschlossen von dem ganzen Thema eine Auszeit zu nehmen. Elena und Marvia haben sich auch von der Gruppe abgespalten, weil Elena sich jetzt auf eine Solokariere, vorbereiten wollte. Dang und ich waren alleine. Bis auf eine Handvoll Agenten waren alle weg und meine Rückkehr nach Deutschland war auch geplant.

Eines Abends sahs ich mit Dang in der Eingangshalle der Basis. „Weißt du noch, wie ich hier das erste Mal runterkam?" „Du hättest dein Gesicht sehen sollen haha."

Wir schwelgten in alten Erinnerungen. Auf einmal stand Dang auf. Er setzte sich einen Hut auf den Kopf und nahm einen Koffer in die Hand. „Es wird Zeit aufzugeben." Ich sah zu ihm hoch. „Was hast du gesagt?" „Es ist Zeit aufzugeben," wiederholte er mit einer leicht zittrigen Stimme. „Das kannst du nicht ernst meinen Dang. Das hier ist unser Ding. Hier hatte ich meine ersten Abenteuer. Hier habt ihr meinem Leben einen höheren Wert gegeben."

Dang wurde ernster und sah zu mir. „Genau, das alles ist passiert aber jetzt müssen wir in die Zukunft blicken und sehen, wie wir weiter machen."

Ich wurde sauer. Mich sollte nicht noch eine wichtige Person verlassen. „Also gehst du jetzt mit deinem schicken Koffer nach da draußen und suchst dir einen Bürojob? Was ist da eigentlich drin?"

Ich habe ihm den Koffer aus der Hand geschlagen. Beim Aufprall auf den Boden öffnete er sich und viele kleine Stecker fielen heraus. „Was zum." „Das sollten die Stecker sein, die wir jeweils in unseren Ohren haben sollten, um beim Angriff auf die LION in Kontakt zu bleiben."

Ich entschuldigte mich und ließ in gehen. Als Erinnerung an die Zeit hat er mir einen er Stecker dagelassen.

Schlussendlich sahs ich alleine in der Basis, die an meinem ersten Tag voller Menschen war. In Drei tagen sollte ich abreisen und ich erlaubte mir einen letzten Rundgang in der Basis. Die trainingsräume, die Teamräume, Das große Labor mit den vielen kleinen Laboren, die Kantine. Es gab sogar einen Bereich den ich noch gar nicht kannte. Die Ein- und Ausfahrt der Basis mit den dazugehörigen Garagen für die Autos und kleinen Busse. Ich genoss die Luft und schlenderte die Wege der Basis zurück zu dem Aus- und Eingang zu meinem Zimmer, bis ich ein Geräusch hörte. Es war es eine leise Stimme, die durch die Basis hallte, doch dann wurde gebrüllt und geschrien. Taschenlampenlichter folgten. Ich rannte so schnell ich konnte hoch in mein Zimmer. Mir folgten die Geräusche von Männern deren Ziel es wohl war die gesamte R.O.P zu zerstören. Ich versteckte mich in meinem Zimmer und hoffte das Jemand kommen mag der mich retten könnte. Doch ich war alleine. Ganz alleine auf dem gesamten Gelände und ich konnte keine Hilferufen, weil sich zu meiner Verwunderung die Nummern von allen meiner Kollegen aus der Basis gelöscht haben. Ich war verloren.

-Kapitel 16-
Der brüllende Löwe

Soldaten in Rüstung kamen auf mich zu. Sie haben mir meine Hände und Füße festgefunden. Einer von ihnen hat mich hochgehoben und über seine Schulter gelegt. Ich habe die ganze Zeit gezappelt. Es war ein bedrückendes Gefühl und ich wollte des es endet aber so sehr ich es versuchte, es hat nicht geklappt. Der Soldat, der mich getragen hat, setzte mich auf den Boden im Flur neben dem Wohnzimmer. Erst dann sah ich das Ausmaß des Angriffes. Die Haustür war eingebrochen wurden und ihm Wohnzimmer herrschte Chaos. Das meine Eltern weg waren war irgendwie erwartet immerhin mussten sie die Rückfahrt organisieren aber mein Bruder ist immer im Haus geblieben, wenn sie Besorgungen machten.
Ich machte mir Sorgen, das diese Leute, die auch bei mir waren, ihm etwas angetan haben könnten, aber ich konnte nicht weg. Um mich herum waren

Soldaten, die das Haus abgesucht haben und mich be-
wachten.

Die Aufregung hat mich wohl so nervös gemacht das
ich ganz vergessen habe das ich noch den Stecker fürs
Ohr in meiner Hand hatte. Er hat sich furchtbar in
meiner Hand gedrückt also habe ich versucht ihn
während niemand hinsah in mein Ohr zu bekommen.
Es hat seine Zeit gedauert, bis ich es geschafft habe,
aber danach war es ganz angenehm.

Ich war auf einmal total müde und bin eingeschlafen
doch als ich aufgewacht bin sah die Welt ganz anders
aus. Es sah so aus als würde es draußen dunkel werden dabei hatten wir gerade mal Mittag. Ich konnte
hören wie draußen Menschen am Schreien waren
doch durch die Fensterlosen Mauern blieb mir nur die
aufgeschlagene Tür als Blickfenster in die Außenwelt.
Die Soldaten wurden weniger und ich spürte das sich
die Seile um meine Hände und Füße lockerten. Es
kam einer der Soldaten zu mir und richtete mir den
Rücken zu. Ich stand auf und sah das niemand da
war. „Soll ich dir einen Zaubertrick zeigen?" Er sah
überrascht zu mir und ich schlug ihm mehrmals gegen den Kopf. Ich wollte niemandem wehtun, aber irgendwie war da zu viel Power in mir. Als er bewusst-
los zu Boden lag habe ich ihn nach irgendetwas
spitzen abgetastet. So wie man es aus den ganzen Filmen kennt hatte er ein Taschenmesser in seiner Ja-
ckentasche. Es dauerte etwas, aber dann habe ich es
geschafft mir die Seile, um die Hand abzuschneiden.

Daraufhin habe ich die Seile um meine Füße aufgeschnitten.

Ich bin nach draußen gerannt und sah dem düsteren Himmel entgegen. Der Wind blies mir ins Gesicht und ich wusste das es irgendetwas mit der L.I.O.N Organisation zu haben musste.

Ich bin herunter zu der Stadt gelaufen, in der ich damals Elena versucht habe zu beschatten. In einem Schaufenster lief ein Livestrem in dem von der Situation berichtet wurde. Was zusehen war? Ein Bild von Frau Smith. Zudem liefen Soldaten durchs Bild und ich fragte mich, ob die Regierung davon weiß, dass die L.I.O.N ihre eigenen Soldaten hat.

Um mich herum war es plötzlich ganz still und ich schloss meine Augen. „Die Dunkelheit kann dir keine Angst machen, wenn du sie erschaffst," sagte ich zu mir selbst und atmete tief durch. Danach habe ich meine Augen geöffnet und rannte zur Schule. Auf dem Weg dorthin wurden die Schreie lauter und ein dunkles Brummen drang in mein Ohr. Ziellos sah ich umher. Ich wusste nicht was los war, warum Soldaten umherliefen aber nichts gemacht haben, warum Menschen am Schreien waren, aber nichts passiert, warum der Tag aussah wie die Nacht. „Erkennst du es wieder?" Eine Stimme war zu hören aber wie schon gedacht konnte ich kein Gesicht sehen. „Du musst mich nicht sehen, um meinen Worten zu lauschen," sagte die Stimme. „Ich weiß jetzt was es hier zu erkennen gibt. Ich bin hier im Internet. Hier traut sich jeder alles zu sagen, weil niemand das Gesicht sieht. Also musst du der Feigling sein der andere beleidigt," sagte ich mit einer überdramatisierten Stimme. Wahrscheinlich habe ich die Mysteriöse Person damit sehr stark aufgezogen. Danach wurde es still und ich war dem Anschein nach wieder alleine. Ich wollte mich konzentrieren und habe versucht einen klaren Kopf zu bekommen, doch es zog Nebel auf und gerade als ich die Hoffnung verlor kam ein helles Licht auf mich herab. Okay es war nur en Scheinwerfer, der wie aus dem nichts auf mich gerichtet wurde, doch es war eine kleine Motivation, die mich dazu brachte nach oben zu sehen.

Mich erwartete ein brüllender Löwe, der einige Meter vor mir stand. Schritt für Schritt kam er mir näher und wie so oft im Leben dachte ich das alles vorbei sein wird. Als der Löwe vor mir stand hat die mysteriöse Stimme wieder zu mir gesprochen. „Das hier ist die schlimmste Widerspiegelung deines Unterbewusstseins. Hier trifft deine Angst vorm alleine sein auf die Angst das deine Familie durch deine Tod die Hoffnung verliert."

All diese Worte wühlten mich auf. Mir liefen Tränen über Gesicht und all meine Hoffnung war verloren. Ich fühlte mich wie besiegt und dachte der Tod wäre jetzt der letzte Weg.

Jedoch ist nichts passiert und ich sah hoch, um zu sehen was mit dem Löwen los ist. Er war weg.

Vor mir stand Elena die mir ihre Hand endgegensteckte. „Keine Zeit, um die Hoffnung zu verlieren," sagte sie mit einem Lächeln im Gesicht. Daraufhin nahm ich ihre Hand und zog mich hoch. „Das ist dein Urlaub Lewis," sagte sie und ich sah ihr leidenschaftlich in die Augen. „Dann lass uns ihn perfekt machen."

-Kapitel 17-
Mysteriöse Veränderungen

Gemeinsam betraten wir das Gelände der Schule.
Über den Boden fegten ein paar benotete Tests. In einer der Ecke sahen wir etwas Erschreckendes. Eine
Gruppe von Soldaten bestand aus ein paar Lehrern
von der Schule auf der Elena und ich unterrichtet
wurden. Sie marschierten die Mauern entlang und
obwohl ihre Blicke gezielt waren haben sie uns nicht
bemerkt. Wir zwei haben uns ins Gebäude geschli-
chen. Die Gänge wurden rot beleuchtet und es war
eine weirde Situation.
Als ich mir meinen Schuh zubinden musste kniete ich
mich auf den Boden und als ich mich an der Wand
abstützte, um aufzustehen merkte ich das sie nass
war. Sekunde für Sekunde wurden die Augenblicke
merkwürdiger. Beispielsweise war da dieses Lachen,
das mal lauter und mal leiser wurde. Manche Wände
waren bröselig und andere wieder nass. Zudem gab
es Wände, die enorm warm waren. Elena ging die

ganze Zeit vor mir die Gänge entlang. Ich hatte keinen Plan was sie da machte, aber es war mir komischerweise egal.

In der dritten Etage des Gebäudes waren alle wände weg. Genauso wie das Dach. Also eher teilweise. Das eigentliche Dach wurde in Holzplanken umgeändert. Durch diese tropfte Wasser. „Okay jetzt sag mir mal was hier los ist," flüsterte ich zu Elena die mich nach meiner Frage verwirrt ansah. „Was soll hier los sein?" Ich verdrehte die Augen. „Nah das alles hier. Warum sind Soldaten auf dem Schulhof und unser Schulgebäude voller individueller Wände. Auch weiß ich nicht wie du so einen ruhigen Kopf bewahren kannst. Die gesamte Stadt geht gerade unter und vielleicht sogar die ganze Welt und du lebst dein Leben wie im Film. Sag mir… WAS IST HIER LOS?"

Daraufhin folgte schweigen. Ich bekam eine Nachricht auf mein Handy.

„Luftangriff auf Deutschland"

Darauf folgten weitere.

„Angriff aufs Weisehaus. Wer ist der Feind?"

„Breaking News! 36 Tote nach Bombenanschlag"

Gerade als ich Elena die ganzen Eilmeldungen zeigen folgte, flog das „Dach" weg. Smith fiel zu Boden, doch sie konnte sich abstützen und schwang ihren Körper wieder nach oben.

„Seht wie die Löwen ihre Beute zerfleischen," sagte sie mit einem hinterhältigen Lachen. Plötzlich fing es an zu Regnen und ein Schauer prasselte auf uns ein.

Die grauen Wolken füllten sich am Himmel und mein Handy gab pro Eilmeldung einen Ton von sich.

„All das könnt ihr beenden, wenn ihr mir den Stein gebt. Den Marestone. Er gehört dahin zurück, wo er entwendet wurde. Zurück auf die 33. Mondseite," sagte sie mit einer Ernsten Stimme die mich zu lachen brachte. Ich bekam mich einfach nicht mehr ein und sie sah mich komisch an. Dann übernahm Elena das Gespräch für mich. „Du wirst nichts von uns bekommen, sagte sie mit der Leidenschaft zu dem Retten von dem Leben anderer. Smith wurde sarkastisch und machte große Gesten.

„Ganz schön große Klappe für dein Alter Püppchen. Ich könnte eine wie dich gut gebrauchen." „Du kannst dir dein Püppchen schenken," klang aus E-lenas Mund hervor.

Soldaten kamen zu uns nach oben und plötzlich war die Zeit wie stillgestanden. Sie packten Elena an ihren Armen. Daraufhin versuchte sie sich zu befreien, doch schlussendlich verlor sie die Kraft und fiel zu Boden. Ihre Durchnässten Haare klebten an ihrem Kopf und sie sah verzweifelt zu wie die eigentlich Nette Lehrerin auf mich zu kam. Sie sagte: „Weißt du? Seit so langer Zeit versuche ich das zu erreichen das du erreicht hast. Ich habe dafür gekämpft dieses Funkeln in den Augen zu haben. Und du? Du machst mal kurz Urlaub in Kroatien," als sie auf mich zu kam.

Ich verschränkte meine Arme und habe meine Mimik verstellt. „Das war echt ein Billiger Anmachspruch." Ich fing das Lachen an

Man sah ihr die Wut in den Augen an und sie kam weiter auf mich zu. Mir wurde es etwas zu nah und ich machte kleine Schritte nach hinten. Nach hinten an die Klippe, den Felsvorsprung, Dieses eine Stück Boden, auf dem man steht, bevor man nach einem weiteren Schritt in den Abgrund fällt.

„Du bist etwas Besonderes. Vielleicht sogar das Beste. Lass mich dir helfen dir zu zeigen wer du wirklich bist."

Nach einem Blick nach unten sah ich wie sich ein Indigo gefärbter Nebel über den Boden ausbreitete. Ich sagte ihr: „Ich brauch dich nicht um zu erfahren wer ich bin!"

Sie lächelte leicht und ging von mir weg. Ich wiederum fühlte mich als hätte ich einen Test bestanden. Dann spürte ich wie eine Hand meinen Oberkörper stark berührte. Erst da merkte ich das mich Smith geschupst hatte. Ich fiel mit dem Rücken voraus ins Nichts. Darauf folgte ein Schrei von Elena.

Ich schloss meine Augen denn mein Ende war gekommen. Eine Träne floss über mein Gesicht und ich hörte eine Stimme zu mir sagen: „Lewis dreh dich wir fangen dich." Es war die Stimme von Emma Ich weiß nicht wie oder warum, aber ich habe es getan. Meine Arme habe ich fest gegen meinen Körper gedrückt und mit einer wahnsinnigen Geschwindigkeit kam ich unten an.

Dort waren alle. Wirklich alle. Emma, Dang, Marvia und komischerweise auch Elena. „Wie auch immer sie so schnell hier runtergekommen ist," sagte ich und sie antwortete: „ich verrate meine Tricks nicht," mit einem Lachen. Danach gingen wir als Team weiter.

Als ich gefragt habe, wie wir vorgehen werden sagten die anderen mir das wir keine Waffen benutzen werden, denn die Waffen sind das schlechte und das schlechte gewinnt nie. Während die anderen weiter gingen sah ich noch einmal umher, um sicherzugehen das uns keiner bemerkte. Genau da sah ich Steven, der von ihr bedroht wurde. Ich meine Smith. Sie stand mit einem Schwert vor ihm. Er hat es nicht verdient damit hineingezogen zu werden also rannte ich durch den Nebel zu ihm und trat ihr das Schwert aus der Hand. Daraufhin fragte ich nach seinem Wohlergehen, doch er sagte nichts. Wirklich so 0,0. Dafür hat Frau Smith geredet. „Weißt du das Die Kinder eines Löwen wirklich wunderschön und verspielt sind aber sie auch jagen können? Darf ich dir vorstellen. Steven... Mein Sohn."

Ich erschrak denn ich merkte das er kein Mensch war, sondern eine Hülle die voll mit Kabeln und anderem Elektrozeug war. Steven drehte sich zu mir und hob mich hoch. Seine Augen färbten sich Rot und sein Mutter die Löwin ging einfach weg.

„Steven ich weiß nicht, ob du mich hörst, aber wenn ja dann musst du wissen das du nicht machen musst was sie will. Sie ist eine Verrückte Wissenschaftlerin die von den Falschen Leuten eingeladen wurden ist." Doch er lies mich nicht los also musste ich etwas härter durchgreifen. Mit einer enormen Kraft habe ich mich mit meinen Beinen an ihm abgestoßen und sprang zu Boden. Persönlich habe ich nicht daran gedacht, dass ich gegen einen Roboter, oder wie auch immer ich ihn nennen soll, antreten kann oder gar stärker bin.

Gerade im richtigen Moment konnte ich mich ducken den ein Laserstrahl trat aus einem der Augen hervor. Das merkten die anderen woraufhin sie auf mich zu kamen wie eine Gruppe von Kindern, wenn es gratis Schokolade gibt. Marvia fragte mich interessanterweise wie es mir geht und ich sagte nur: „blendend." Genau da merkte ich etwas. „Wartet mal eine Sekunde. Er ist ihr Kind. Okay wow das hört sich komisch an. Naja, aber so ist es. Er ist das vorzeige Kind. Das Kind das mehr weiß als die anderen um gena-" Elena unterbrach mich. „Komm auf den Punkt." Die anderen mussten lachen und ich habe sie kurz darauf hingewiesen das so noch mehr Zeit flöten geht.

„Wir haben kein Schaltzentrum gesehen, von dem die Bomben verschickt wurden. Was ist, wenn er es ist. Man würde nie einen einfachen Schüler verdächtigen," erklärte ich ihnen. Emma erläuterte: „Wir könnten einen Virus an ihn senden das könnte je nachdem eine Stunde dauern."

Dang nahm einen Stein. „Haltet verdammt noch mal euren Mund!" Danach schlug er auf den Kopf des Roboters ein. Dieser drehte durch und rannte auf Smith zu. Als wäre nichts passiert ging Elena einfach weg.

Der Rest der Truppe war mit mir am Streiten während Steven der Roboter auf eine fast schon niedliche Weise die Umgebung zerstörte.

Dann hörten wir ein sich aufbauendes schreien. Elena rannte auf ihn zu. In ihrer Hand befand sich ein Zerbrochener Spiegel. Sie stellte sich direkt vor Steven und sein Auge wurde wieder Rot. Im richtigen Moment hielt sie den Spiegel hoch und der Laser prallte gegen den Spiegel und dann zurück auf den Roboter. Das Wachs, aus dem die Haut des Roboters gemacht wurde, war am schmälzen. Ich hörte ein Stöhnen. Nach dem ich mich umgedreht habe sah ich das von Frau Smith das Bein eingeklemmt war. „Hilfe…bitte," flehte sie mich an. Während der Roboter immer heißer lief, zog ich sie heraus. Gemeinsam humpelten wir weiter weg. Nach einer Zeit wurde sie mir von einem Agenten abgenommen und verhaftet.

In der Zwischenzeit merkte Elena das sie es nicht überleben würde, wenn der Roboter explodieren wird. „Lauft!" schrie sie. Doch keiner wollte wirklich ohne sie gehen. Elena blickte zu mir und sie tat mir leid. Man ich hätte einfach den Marestone holen können und dann wäre Steven in dieses Schwarze Loch gekommen aber genau das tat ich nicht. Stattdessen zog ich eine Person nach der anderen weg. Zum Schluss blieb Dang und Elena. Die Maschine des Roboters wurde lauter. In der Zerstörung um uns herum fand ich ein Schild. Das habe ich zu Elena geworfen damit sie sich bei der Explosion immerhin irgendwie schützen konnte. Gerade als ich Dang holen wollte passierte es. BOOM! Es gab eine laute Explosion und Elena flog durch die Luft genauso wie Dang. Ich wiederum wurde durch die Druckwelle nur zu Boden gedrückt. Der Indigo gefärbte Nebel war am Abziehen und ich sah, wie Dang Elena aus dem Schutt trug. Es gab fast keinen Grund zur Besorgnis. Richtig gelesen. Fast kein Grund. Das Schulgebäude drohte zusammen zustürzten. Gemeinsam flohen wir in eine ausnahmsweise geklauten Bus und sahen im Rückspiegel wie das Schulgebäude, das aussah, wie ein Turm voller Büros zusammengefallen ist.

-Kapitel 18-
Der Hilferuf

Am Tag nach dem Angriff sah die Welt schon wieder besser aus. Weltweit sammelten sich freiwillige Helfer an. Als Dang das erfahren hat musste er lachen. „Bei der Schlacht von New York haben die Avengers aber nicht geholfen."
Wir lachten und haben auf der Fahrt zur Zerstörungen schon geplant wer, wie und was aufräumt.
Das gesamte Schulgebäude war weg und es gab einen echt schönen Ausblick aufs Meer. Jedoch war der Boden zugemüllt. Da lagen Blätter und der Asphalt war aufgebrochen. Kinder Spielzeug war an manchen Stellen. Mir wurde klar, dass jedes der Objekte einen Besitzer hat und das niemals jemand von der Gesichte der Besitzer erfährt. Marvia meinte das man ein Museum erbauen könnte mit allen Fundstücken und mehr. Somit sammelten wir einiges zusammen und das bis zum Sonnenuntergang. Der Wiederaufbau

würde noch einige Tage dauern aber für den ersten haben wir schon einiges geschafft.

Die Abendsonne ließ alles rot aufleuchten. Gemeinsam ging die bekannte Gruppe zurück nachhause, bis diese eine Sache passierte. Ich bin zu Boden gefallen und konnte meine Beine nicht mehr spüren. Ich verfiel in Panik und die anderen kümmerten sich um mich, während ich immer weniger von meinem Körper spürte. „Dang, Marvia was passiert hier mit mir?" Marvia versuchte mich zu beruhigen. „Okay Lewis. Atme tief durch und hör mir zu. Du musst mit deinem Bruder reden er ist der Schlüssel…" Danach hörte ich immer weniger von dem was Dang sagte. Mein Körper wurde Taub und ich schloss meine Augen.

Danach schreckte ich hoch und sah mich um. „Hä," gab ich von mir. „War das? Nein niemals." Ich berührte mich und merkte: „Das war alles nur ein Traum."

Ich musste lächeln, weil ich so etwas noch nie hatte. Der Traum war so echt und als Actionfilm würde mein Traum echt gut aussehen. Ich kramte mein Notiz Buch heraus das ich in dem Traum eingepackt hatte. Meine Geschichte musste aufgeschrieben werden. Ich wusste: „Das wird ein grandioses Buch!"

Es ist Samstagabend als meine Familie und ich den Urlaub buchten. Es soll nach Kroatien gehen, so wie auch letztes 2019. Das 2020 schwer für uns alle war, ist keine Frage aber 2021 war no…

Ich schrieb alles Auf und machte es etwas spannender.
Mein erstes Buch war fertig und ich war bereit es anderen
Zu zeigen, doch niemand teilte die Leidenschaft so wie ich.
Doch ich weiß das dieses Buch der Anfang von etwas Gro-
ßem
Ist. Wie wird meine Gesichte weitergehen?

ÜBER DEN AUTOR

Mein Name ist Louis Kawalek und ich bin 16 Jahre alt. Seit dem Kindergarten habe ich großen Spaß am Erzählen von Geschichten. Am 24. Januar 2021, habe ich dann beschlossen, meine erste Geschichte aufzuschreiben und andere in der Welt, wie ich sie sehe, teilhaben zu lassen.

Rechtschreibfehler sind bei mir immer zu finden und das nicht, weil ich dumm bin, sondern weil ich finde, dass jeder mich so kennenlernen soll, wie ich bin und nicht so, wie ein Computer mich überarbeitet hat. Meine Reise hat gerade erst angefangen, und ich hoffe, ihr begleitet mich auf meinem Zukünftigen Weg!